妖異也能愛上人類！

魚璃子 著

目次

第一章 人類應聘妖異保育員

台灣位於東亞，太平洋西北側的島嶼，蔚藍的海洋環繞再加上島上綠樹林立，豐富的生物資源令所有人咋舌。

豐富歸豐富，可是蘇舒萬萬沒有想到居然能豐富到這種程度。

為什麼會連老奶奶常坐在搖椅上所說的那種，只存活於傳說故事裡的妖怪都有？

聽著身旁人興致勃勃地在說著什麼黑山大王、貓精、人面牛，蘇舒覺得自己好像來到了一個不得了的地方，跟一群不得了的人站在了一塊兒，心情頓時在涼風中凌亂成一片。

東北部的一座深山內，大晚上除了風吹過樹叢的搖曳聲、蟲鳴鳥叫聲外，還多了七個站在入山口警告牌旁的年輕人，努力說服自己身旁人說的可能是某種動物名字的蘇舒就是其中一人。

站在最前頭面對表情有些興奮的五人是兩名男子，其中有著一頭深黑色短髮，眼尾有些上挑，身穿黑色襯衫黑褲渾身黑，長相英俊不過表情冰霜的男子掃了一眼面前的人。

「人都齊了？」

陸亦清的目光從第一個應聘者躍躍欲試的表情掃到最後一個縮著肩膀有些瑟瑟發抖的蘇舒。

……什麼情況？

今年的應聘者連這種看起來還搞不清楚狀況，一臉只想回家的人都有嗎？

陸亦清默默地將眼神射向了今年負責招人的段長樂。

段長樂有著一頭及腰的銀白色長髮，白皙的皮膚，黑金色的對襟服飾上頭綁著一個紅色小流蘇。

如果說陸亦清給人的感覺是英俊的帥哥，那麼段長樂大抵就是位英俊的美人。

感受到自己好像特別被那個一身黑的人銳利地掃了一眼，蘇舒輕嘆口氣，她錯了還不行嗎？

就在稍早位於台灣南部的一條熱鬧街道上，林立著當地各色美食小吃，從雞肉飯、肉圓、珍珠奶茶還有各式各樣的異國料理吸引著人潮駐足。

人群熙攘之間有一個紮著高馬尾，有著圓滾滾大眼睛的高中生，她頭微低臉上表情喪得能在她背後看見陰影。

蘇舒，高中生，剛剛又把一間打工的地方搞到倒閉。

也不知道她這人天生帶的是什麼運氣，剛出生的時候家人給她合過姓名學、生辰八字、算命大仙等等，人人都說她是帶著任務到凡間。

現在蘇舒總覺得這天命，莫不是讓她處處去搞垮別人生意吧？

從能合法打工開始，沒有一間店能在她手下撐過三個月，凡她打工的店每間必倒屢試不爽，好一點的老闆中樂透不幹了，差一點的遇上財務危機直接連夜落跑。

命運悲催到蘇舒都開始懷疑，孩童時父母親發生交通意外過世都是被自己給剋死的，導致眾多親戚在她能合法賺錢養自己後，便無處不暗示著讓她搬出去生活。

而她前腳才離開親戚家，手機便直接無法撥通和他們聯繫，全部的血親都將她視為什麼大瘟神般列入了黑名單。

無奈之下，從那時開始蘇舒便一個人過活，全當父母過世後世界上再無親人。

「這都第幾個工作了？」蘇舒想到老闆娘方才對她滿臉抱歉的表情，她頓時一種愧疚感湧上心頭。

不過比起那愧疚感，她更在意的是自己現在手頭上一窮二白的，還有房租水電要繳……

「就沒有八字重一點，能跟自己對剋的工作嗎？」蘇舒感到腦疼得嘆了口氣。

當蘇舒杵在街上想著該上哪找這種時運夠硬的工作時，她從腳下撿起了一張破舊的傳單，上頭暗紅色的大字寫著招聘保育員，薪水從優，供食宿。

衝著「供食宿」三個眼下她最需要的字眼，蘇舒現今就在這涼風陣陣，樹葉沙沙作響的深山中悔不當初。

她真的錯了不行嗎？

她就不應該許願一個硬氣一點，能不被自己剋死的工作。

瞧！現在一同招聘的人滿嘴她聽不懂的話，眼前兩位男子一個一頭在台灣鮮少的前衛雪白色長髮，另一個帶著滿臉殺氣看著她好像還有一點不滿。

在場除了自己沒一個正常的，好慌。蘇舒給眼下情況下了結論。

「歡迎各位參加妖異保育園的人員招聘。」段長樂溫潤的聲音打斷了大夥的交頭接耳，「這也是保育園區首次招聘人類保育員。」

不要特別給人類開特例啊！還有你們兩個大活人，不把自己算在人類的範疇嗎？

要不然也在招聘上寫個「老闆是妖怪，生人退散」。

只寫供食宿這麼吸引人的字眼，分明是作弊！

蘇舒聽到段長樂這充滿矛盾的話一愣，接著不自覺的滿滿內心活動。

不同於蘇舒的細思極恐，其餘四位面試者倒是雀躍地露出笑容。

「太好了！我準備了這麼久就是為了今天。」

「如果能成為妖異保育員，參閱這麼多古籍，值了！」

「保育園區之前都只招收妖異，終於願意招收人類。」

帶著笑容，段長樂豎起一根指頭提醒，「只招收一人。」

他這話一出，原本還歡樂不已的氛圍僵了僵，他們彷彿確認敵人般對視了一眼，接著轉瞬間又重新鬥志高昂了起來。

每個人的臉上都充滿了自己就是那一人的自信感。

而與現場感覺格格不入的蘇舒，正用一種關愛病患的表情，看著現在就想衝入深山去搶奪唯一名額的眾人。

她現在就想知道他們所謂的妖異，究竟是指什麼玩意兒，用的著這麼嗨嗎？

「今天要請各位找尋的妖異也是台灣的特有種，相信各位都不會陌生。」

特有種？台灣黑熊嗎……還是帝雉？

奈何蘇舒學識淺薄，說到特有種她只說的出來這兩種，但是沒有半種和妖異這個詞扯得上關係。

「請貓爺簡單說一下今天任務內容。」段長樂說完後，一旁的樹叢竄出了一個黑影。

黑影輕巧地落地，是一隻看起來胖約十公斤的大黑貓，落地後還用舌頭舔了舔自己粉嫩嫩的掌墊。

不過原本還用著閃閃發光欣賞萌物眼神的蘇舒，在下一刻就變成了驚駭。

大黑貓拱起身子，接著如同突然面臨演化一般慢慢地站起，等到身體完全直立，站在大夥眼前的可愛貓咪成了一名有著金色貓眼的挺拔男子。

男子笑咪咪地看著即將參加應試的五人，「歡迎你們，我是貓爺，你們人類通常稱呼我為貓將軍。」

貓將軍？

這傳說蘇舒有聽奶奶說過，傳說很久很久以前，在台灣東北角地區有一頭作亂的貓妖，他不僅殺害家畜、散播疾病，更讓民眾做出有如貓咪般撕咬的舉動。

不堪其擾的民眾和貓妖達成協議，只要為其興建一座廟宇以香火供奉，那他便停止作亂，還會保護鄉里。

只是那時候奶奶嘆了口氣說：「貓妖也不是無緣無故作亂，他的一窩老小被懼怕妖異的人類一把火給燒了。」

「興建了廟宇，讓他未來的妻小和子嗣有了棲身之處。作為交換他保護了鄉里，也使人們不再畏懼他們這些妖異。」

原本還只是當趣聞聽聽的蘇舒，如今完全相信了！

活生生的一隻大貓咪就在她眼前變成了一個男人，而且那男人還是今天要發布應聘任務的主角。

蘇舒必須更正先前的結論，在場的人只有她不正常，不知道今天真的是要與妖怪妖異為伍。

貓爺清了清嗓子後說道：「前些日子在下一些頑皮的孩子，跑入了山中，如今迷了路，還請各位協助他們返家。」

「最後預祝各位捕獲順利，身心平安。」

發布完任務的貓爺向段長樂還有陸亦清點過頭後便手背在身後，朝著山裡漫步而去，那悠遊的姿態半點都不像走失孩子的老爸，蘇舒還猜小孩搞不好是他親自往山裡扔，就為了給他們布置任務。

拍了下掌將大家的注意力從貓將軍身上拉回來，段長樂道：「你們有三個小時尋找貓將軍的貓崽。」

此話一出各方人馬立即便準備好要大展身手，爭取那唯一一名進入妖異保育園區的資格，只有蘇舒還在想現在說要退出會不會被這群人抓去餵妖怪。

「計時開始！」陸亦清一彈指，他身後便出現兩道像尾巴的虛影輕托著一個翻轉過來的沙漏。大夥聽見代表著名額爭取戰已經開始的倒數，馬上就跑得沒影，各自用各自的手段和學識，準備捕捉那幾個頑皮的貓妖崽。

正想著能好好清靜三個小時的陸亦清頭一抬，便見那個一臉走錯路找錯工作的女孩，還杵在原地十分認真地看著入山口那用大紅油漆寫的警告標誌。

瞧她思考得一臉認真，陸亦清好心地替她將上頭的字唸出來。

「夜晚深山危險，請勿進入。」

「……謝謝。」蘇舒總覺得對方這話唸得充滿嘲諷，有種她不識字的味道。

陸亦清看眼前的人還看看天看看地最後再看看腳趾的模樣揚了揚眉，「那妳還不快去。等什麼？」

蘇舒思考了半晌，她認真指著那塊告示牌，給陸亦清重新唸了一次，「夜晚深山危險，請勿進入。」

「我識字……」陸亦清沒好氣地瞪著蘇舒。

要不是把人踢下懸崖這舉動有失格調，他現在就想把人踢下去一百次。段長樂到底從哪裡把這種奇葩撈出來的？

「你識字你還讓我往山裡去！」見自己被瞪，蘇舒也不甘示弱地瞪了回去。

沒讓這兩人互相比眼睛大太久，段長樂清了下嗓出面中斷這瞪眼遊戲。

「妳也別無選擇了不是嗎？」

內心的弱點一瞬間被戳中，蘇舒皺著眉頭嘆了口氣。

她確實除了努力爭取這唯一的名額外別無選擇，要嘛得到包食宿機會，要嘛因為明天繳不出房租露宿街頭。

可是她到現在都還沒搞清楚所謂的妖異是怎麼回事，自己真的有能力嗎？

一眼看破蘇舒心底的遲疑，段長樂柔聲道：「能夠拿到招聘的文宣，就代表妳一定具備面對妖異的本事。」

「相信自己吧！蘇舒。」

突然從初次見面的人口中聽到自己的名字，蘇舒愣愣地問：「你為什麼知道我的名字。」

彎了彎眼，段長樂勾了勾唇，「我什麼都知道。」

陸亦清看著那走入山口的姑娘被草裡竄出的蟋蟀嚇得「噫」了好大一聲，活像是被踩了尾巴的貓咪，頓時覺得頭更疼了。

就這膽子居然也跑來應徵，該不會待會還要去深山裡找一個迷路的人類崽吧？

「今年的應聘者看上去素質真不錯。」段長樂笑咪咪道。

「噫！喔，原來是蚱蜢，嚇死我。」山口又傳來了驚嚇聲。

「你剛剛說什麼，再說一次。」陸亦清面無表情地看了過去。

「呵呵，充滿活力，讓我想到年輕的時候。」

「你年輕時都幾百年前的事情了。」陸亦清搖搖頭跳開了隔壁這老妖怪想當年的話題，討論起了今年的新人，「我覺得站在第二個那齊耳短髮的人類不錯。」

「林莉嗎？」段長樂一瞬間就將名字和人搭上，「她可是有備而來，我前些日子就常在樹林看到她調查妖異，我記得昨天是一隻猴魅吧！」

「眼神也不錯，充滿了鬥志，大概就是她了吧！找個貓妖，應該輕而易舉。」

「我倒覺得有一個人也不錯。」段長樂看著陸亦清眨眨眼，一副讓他問自己才要說的模樣。

「是誰？」配合他的惡趣味，陸亦清問著。

「蘇舒。」

「蘇舒？」想了一會兒陸亦清這才把這名字和那人對上，「那個一臉走錯路的人？我倒想問你去哪兒把這種傢伙找來的……」

就她那樣子不要把自己丟在山裡造成社會事件，又讓妖怪、鬼怪背鍋就萬幸。期待她能找到貓妖，不如期待待會他們搜救的時候能找得到她。

陸亦清對於蘇舒是一面倒的負評。

「你覺得為什麼我們保育員不全採用妖異就好，要應聘人類？」段長樂問了句。

「為了讓小妖從小就能感受到善意。」陸亦清回答。

從小便感受著周遭善意的妖怪最有機率在長大後化人，也因從小感受的是善意，日後有能力也不易作惡。反之如果在惡意的耳濡目染下，那麼走偏的機率便會大上許多。

有大妖作為父母的妖異自然不需要擔心，長成什麼樣子除了看基因便是看家庭教育。但是失去父母的妖異沒妖教育，俗話說好的不學淨學些壞的，作惡永遠比當善妖容易許多。

妖異保育園便是收容失去父母親的小妖們，而保育員更是肩負著教育的責任。

「人類是這島上能散發出最多善意的族群。能做的遠比妖多上許多，更容易讓小妖日後化人時有所典範。」

掃了陸亦清一眼，段長樂說出他讓人類應聘的真正理由：「況且我覺得你們也太避著人類了，都需要好好學習接觸新物種。」

或許只有段長樂注意到，他們所有妖在人類那邊受過傷之後，眼裡的光芒逐漸熄滅。

對於生活的期待或者對未來的熱忱漸漸地消失了……對妖異這種擁有漫長生命的物種來說，不能說不好，只能說爛透了。

段長樂見多了這種明明活著，卻不如死了算了的妖異。

「隨便一個人類都能做到吧？」陸亦清咕噥。

不過就是給予妖怪愛，讓他們從小在善意的環境中成長，隨便一個人類都可以吧！陸亦清發自內心覺得大可放那個連蟲子都能嚇她一大跳的人類小姑娘一馬。

「不是所有人都能做到喔！」段長樂笑著看了一眼身旁的夥伴，「你應該是最清楚的吧！蘇舒的優點。」

被段長樂那充滿曖昧的眼神雷到，陸亦清往後退了一步，「別說的好像我跟她有染似的。」

他才不認識那種傻妹！

「誰知道呢！」段長樂又笑咪咪的堵了他一句，「你要學的還多著呢，小貓咪。」

曾經有故人和他說過，人類的生命雖然短暫，但卻會用盡生命去綻放自己。

雖然也有點私心的成分在裡頭，但他也想見識見識那花火能有多耀眼。

＊＊＊

走在山道上，除了天空點點星光外四周一片漆黑，隨便一點風吹草動都能把蘇舒驚得跳起來。

習慣了黑暗，慢慢神經粗壯起來後，蘇舒終於能仔細整理發生在這一個小時裡關於人生的大轉折。

他們指的妖異，她小時候好像有聽奶奶說過。

將她抱在懷裡，坐在會發出咿呀聲響的竹藤搖椅上，奶奶常常慢慢地跟蘇舒說著一些傳說。

「蘇舒，妖異指的就是不同於人類的存在，他們並不可怕，可怕的是無知的恐懼。」

妖異最簡單通俗的說法就是指各式各樣存活於世界上的妖怪、魔物、魔神等等，雖然只有少數人能看清他們的容貌，但是大多數人僅憑著自己的臆測，便將他們視作可怕駭人的吃人怪物。

可是透過奶奶的故事，她並不覺得妖異可怕，妖異只是長得和人類不同，他們一樣有著自己的故事，有血有淚，也會為了生存和一些雞毛蒜皮的小事煩惱。

「妖異啊……如果自己成了保育員，是不是就能更接近他們？更加了解他們的故事，甚至守護他們？」

之前每次聽到奶奶說人們因為未知的恐懼而傷害那群妖異的時候，蘇舒總恨不得自己有能力可以跳出來，擋在前頭告訴所有人妖異並不可怕，他們也想好好生存。

如今還真的有了這機會……可她做得到嗎？

「相信自己吧！」

腦中蘇舒又想起了方才那漂亮男子說的話，深呼吸後握了握拳頭下定決心。

「我可以的！」自我鼓勵後，蘇舒這才開始思考要怎麼找到貓爺的小貓妖，贏下那個名額。

貓將軍的故事她聽奶奶說過，可是小貓妖的故事沒人跟她提過，更別說今天之前她壓根連妖異都不相信。

「貓將軍為了一家子嗣平安，要求居民建廟供奉，貓爺在變成妖之前應該也是一隻尋常的大貓咪吧？」

遠處守著這幾個應聘人類希望別出大事的貓爺打了個大噴嚏，要是他知道有人類把他當作尋常貓咪看待，還正上網搜尋流浪貓咪捕獲方法或許會氣得吐血。

「讓流浪貓咪親近你的方法，第一在小貓常出沒的地方放置魚罐頭……不行這個太花時間。」

而且手邊除了自己一身贅肉之外，沒其他的蛋白質可供勸誘貓咪。

「方法二在有流浪貓出現的地區，放置誘捕籠。」

先不說這大山頭她要怎麼確認貓咪會在哪出沒，眼下也沒那從口袋中掏出誘捕鐵籠的能力。

「下一個方法！」

「耶？這個好像可以試試。」

藉著難得有訊號的時候，蘇舒快速的運用現代科技上網搜尋著捕獲流浪貓的方法，最後她找到了目前唯一可行的土方法。

清了清嗓子，她張嘴便是，「咪嗚——喵——」

沙沙！

樹叢上傳來的聲音，嚇得蘇舒的聲音一顫，隨後見沒有後續的事情發生她便當成了風吹聲，繼續學貓叫。

在樹頂上看著底下人，避免這笨妞發生不小心踩空摔下懸崖的悲劇，陸亦清原本還期待查了老半天資料的蘇舒會有什麼絕招，沒想到這傢伙憋了老半天的大招就是學貓叫。

那一聲酸爽的喵喵聲，讓他一個沒踩穩差點從樹上摔下來。

老子就不該擔心妳！貓咪的臉全給妳這叫聲丟光了，簡直是羞辱。陸亦清看著手邊的樹枝枒，突然想折一段扔底下那傢伙腦門。

「喵嗚——」底下的蘇舒依然不知道自己的努力被批評得一文不值，仍繼續對著黑暗的草叢發出親和力滿分的貓叫。

「咪咪咪——」

「喵嗚！」突然一個細弱的貓叫聲回應了她。

蘇舒一聽有戲，趕緊使用回聲定位功能，又喵了一聲。

「喵！」

「咪嗚……」

她側耳傾聽後迅速地撥開一個腰高的草叢，裡頭蹲著一隻睜著大眼睛的瘦小黑貓。

「找到你了！」

在樹頂上看完全部過程的陸亦清見這破方法還真的給她找到了一隻貓，忍不住爆了粗口。

我靠……這法子還真的能找到東西。

陸亦清定神一看那貓咪的模樣揚揚眉，這貓咪是怎麼回事？

距離應聘任務開始莫約過了兩個半小時，五位應聘者陸續帶著各自找到的小貓妖回到了入口處。

站在第一個的人手裡拎著一個賓士貓的後頸，那隻貓爪子不停地揮動，但是半點都傷不到抓著他的人類。

第二個抓了一隻虎斑貓。

第三位是一隻玳瑁花色的貓咪。

第四位手裡也拎著一隻不停齜牙裂嘴的三花。

第五位參賽選手懷裡抱著一隻瑟瑟發抖的小黑貓。

蘇舒側頭看了一眼其餘人手裡貓咪的花色，再看了看自己懷裡的黑貓，最後目光看向了貓型態同為黑色的貓爺。

蘇舒滿意地點點頭，穩了！跟貓爺同顏色。

貓爺的金色貓眼睛開心地瞇起，掛在兩頰的貓鬍子也抖了抖，他點點頭對每個人手裡的小貓妖挨個兒點名。

「賓賓。」

「喵！」賓士貓發出宏亮的叫聲後，開心地往貓爺身上跳去，用頭親暱地蹭了蹭。

「大虎。」

「喵！」

「花花、三三。」

貓爺每喊一個名字便會有一隻貓往他身上躍去，四隻貓咪都掛回肩頭後他感慨地對找回小貓妖的人類感謝。

「謝謝你們替我把貪玩迷路的孩子找回來。」

一聽到貪玩迷路四個字，原本還蹭得歡的四隻小貓妖立刻頓了頓，接著用質疑貓生的眼神看向自家老爹。

看到這赤裸裸的目光，蘇舒馬上明白那所謂的「迷路」兩個字包含了多少信息量。

絕對是你親自把他們往山裡扔的對吧！

將懷裡的貓咪換了姿勢，蘇舒將小黑貓往貓爺的方向遞了過去，「貓爺，這裡還一個。」

對此陸亦清沒好氣地翻了白眼。

「哎呀。」段長樂依然是那副雷打不動的溫潤公子模樣，只是微微失笑了下。

相較之下貓爺的表情就尷尬多了。

他抓抓自己的臉，有些為難的開口。

「小姑娘，你手上的小貓……就真的只是小貓咪。」

「……噢。」蘇舒頓時也覺得耳朵一熱，默默地又將被舉出去後抖得更厲害的小貓收回懷裡。

她還真沒想過貓咪可能就只是貓咪的這個可能性，這下子臉丟大了。

倏地彷彿打鬥中的淒厲貓叫聲，劃破這尷尬的氣氛。

「咪嗚！」

代表著第五隻小貓妖的聲音一出，所有人的目光一齊射向了三位主考官。

段長樂不慢不緊的開口：「還有三十分鐘。」

頓時所有人都朝著山裡奔去，全部人都認為大夥都只找到一隻的情況下，找到第二隻的肯定就是最後贏家。

山內一個不算險峻的位置，約一個人高的山坑中趴伏著一隻全身毛盡數豎起的黑貓，黑貓型態的貓妖有著比一般貓咪還要長而尖銳的爪子，額上有著黃色月牙印記。

約莫三十公分大的小貓妖拱著身子，不斷對眼前高達三公尺蟒蛇型態的妖異齜牙咧嘴。

所有應聘者抵達現場看到的就是這般大小差異極大的對峙場面，小貓妖發出威嚇的赫赫聲，蛇也不停吐著信，蛇頭前傾像是隨時準備發動攻擊。

「哎？」

信步走來的貓將軍看到自家崽子還有對面那條巨蛇也僅僅偏了下頭就了解了全盤局勢，他側頭看向了同樣不緊張一小一大妖異擱一起會出意外的兩位現任妖異保育員。

「你還有什麼不會的？」看了眼逼真的很的大蛇，陸亦清問著旁邊笑得一臉人畜無害的段長樂。

「我什麼都會喔！」段長樂笑彎眼。

「謙虛。」陸亦清撇了撇嘴。

三位男士淡定地站在遠端看著，五位應聘者各自也有了想法。

「大蛇明神？」林莉瞇了瞇眼不太敢肯定那蛇妖的身分。

「是青龍明神吧！」一名男性應聘者也開口猜測。

「兩者都是在北投出沒的蛇妖，怎麼跑這來了？」

所有應聘者除了只能看出那傢伙是蛇的蘇舒外，無一例外都猜起了蛇妖的身分，和質疑起本來身居在北投地帶的蛇妖，怎麼會跑到這偏僻的山頭來。

他們全都有著各自不同的猜測，唯一共通點便是所有人都停下了腳步。

「你們不救嗎？」站在坑上的蘇舒著急得轉頭張望著。

很快她便發現，那三個大佬仍舊冷眼看著，就連身旁的四位感覺對妖異亂熟悉一把的應徵者也只是雙手插在口袋，半點要出手的意思都沒有。

「救不了。」林莉淡淡地開口，「不是一個級別的。」

「我們只是人類，挨蛇妖一下一定得走。」一名應聘者還自以為幽默的補充了句，「走入人生下輩子。」

「貓將軍都還待在那邊看著，真會出事情的話，他不會放著不管的。」林莉掃了一眼站在邊上，肩上還站著四著喵喵叫小貓妖的貓爺。

「是啊！是啊！別擔心。」

四人沆瀣一氣，全都贊成若真要出妖命，主考官三人必定會出手救的態度，就這麼放著下頭那隻小貓害怕得咽嗚著。

「要是貓將軍來不及救怎麼辦？」蘇舒問了一個假設。

「那小貓妖估計得涼。」林莉環著手靜靜地看著。

說時遲那時快，林莉「涼」這個字才剛說出口，就像是要應證她的烏鴉嘴一般，蛇妖張大嘴朝著小貓妖撲咬了過去，緊接著的是一道人影跳下了坑洞。

「喂！你不要命——」

林莉也只來得及喊上這麼一嗓子，原本站在她身側的蘇舒就這麼彎腰將手裡的貓先放地上，接著便跳了進去，將小貓妖往自己懷裡一撈眼睛緊閉著，背對一口能將她給吞下的大嘴巴。

在上頭看著全場的三位主考官同時嘴角都帶上了一抹笑意。

「小姑娘，不簡單呢！恭喜你們找到合適的人類保育員。」貓爺彎了彎眼對著身旁兩人拱手慶賀。

陸亦清看著就算發著抖仍用生命護著懷裡小貓妖的那身影開口：「無論何種情況，無論對象是誰她總能溫柔以待……這是她的優點對吧？」

「哎，開竅了嘛！」段長樂調侃了一句。

「小心我咬你！」陸亦清瞇了瞇眼露出自己尖銳的犬齒。

段長樂指了指自己的牙反問：「想跟我比比誰的牙尖嗎？」

「呿。」陸亦清直接摸摸鼻子認輸

誰要跟一隻老蛇妖比牙齒……又不是吃飽撐著幫忙排毒。

見夥伴吃癟心情挺好的段長樂輕笑著朝陸亦清眨眨眼，「不畏懼的善意，這不就是我們要的嗎？」

「我覺得她單純就是頭腦簡單，又膽子肥大。」

陸亦清撇了撇嘴，她純粹就是傻罷了，哪來這麼多彎彎繞繞的善意。

下頭那人類小姑娘單薄的身體因為害怕微微地顫抖著，但她仍護著懷裡的小貓妖，她的身上不停散發出只有妖異才看得見的點點光輝，那點點光點璀璨無比半分雜質都沒有。

在這種明知自己肯定會被蛇一口吞下的處境，蘇舒仍舊散發出最純粹的善意。

「剩餘的四人，在下替你們領下山吧！」

貓爺一聲令下便從四處湧出十來隻的貓妖，他們一貓一腳咬著只待在上頭觀看的應聘者褲管，將人給引走，剩餘蘇舒一人仍在坑裡縮著肩膀等待想像中的生吞發生。

那巨大的蛇身在衝擊到蘇舒的前一刻便如同泡影般在空中變成無數光點，大多的光點更是直接融入那用著身軀努力保護懷中小生命的蘇舒，這一刻開始她正式有了與妖異並肩的能力。

「嘖嘖，這麼大手筆？」陸亦清咋舌。

段長樂製造出來的蛇影所化作的光點裡頭充滿了他從自己身上所分出來的妖能，那些能量融入蘇舒體內不但沒有壞處反而能讓她與妖異的頻率更為貼近，此後她會比一般人更容易看清妖異的面貌，就如同他們一般。

「你也希望同事長命些吧？」

喪失三分之一妖能勻給蘇舒的段長樂半分不適的樣子都沒有，但陸亦清知道失去的妖能肯定沒那沒容易補上，至少要補齊又是一兩個世代後的事情。

用力閉著眼睛久到蘇舒都覺得自己會不會已經被吞下肚子還不自知的時候，她徐徐地睜開一咪咪的眼縫看著外頭世界。

除了點點星光外，她覺得這地方依然黑得像是隨時都會見鬼一般。

鼓起勇氣再睜開點眼睛，蘇舒這回終於瞧清自己仍在那坑洞，人沒死還能呼吸到新鮮空氣，只是眼前多了兩張一帥一美的臉正盯著自己。

一個一身黑，一個一頭長白髮，月黑風高下心臟突然被爆擊一波的蘇舒就這麼嚎了出來。

「鬼啊啊啊——」

陸亦清：「……」

「哈哈哈哈哈。」段長樂覺得這人類姑娘實在是有趣極了。

陸亦清額頭的青筋突突地跳著，他忍著在新同事出現的第一秒鐘就殺人的衝動，一掌啪地拍在蘇舒的腦門上，將她的鬼吼鬼叫給拍停。

「吵死了！小貓妖都快被你捂死，還不鬆手。」

「……噢。」

鬆開懷裡的小貓妖，那貓妖立刻靈活的幾個跳躍便消失在樹林間，這會兒蘇舒才發現一起應聘的人全都不見了。

「被淘汰的話，那我可以回家了嗎？」

「……」陸亦清覺得自己一口胃血都快翻出來了。

到底是誰把這奇葩養這麼大，還弄來這座山上的，噢是段長樂搞來的！

陸亦清一個眼刀射向了一直都笑得挺歡的搭檔身上，

雖然這麼鬧騰很有趣，不過某人已經要炸毛了，段長樂趕緊清了下嗓子救場。

「恭喜妳通過我們的應聘，明天起我們就是同事。」段長樂笑著一把將還蹲在地上不嫌腳痠的蘇舒拉起。

在蘇舒還搞不清楚自己怎麼就突然通過招募的情況下，段長樂遞給了她一枚半個巴掌，表面冰涼光滑的青藍色鱗片。

大魚鱗？

蘇舒這回沒膽子將心裡的話脫口而出，她總感覺這幾個字說出來，那個爆躁的男子會把她抓去餵妖怪或是一腳踢下山崖。

陸亦清在段長樂拿出那塊鱗片的時候一臉吃驚地看了過去，但正要問出口的話被那內裡是黑色的傢伙一個眼神警告給封了回去。

「這個是通行證，拿著這個推開任何一扇門都能到達妖異保育園區。」

「我有一個問題不知道當問不當問。」蘇舒用小眼神偷偷地看了下陸亦清。

「你問。」段長樂微微側過身，擋住某人一臉不許問的銳利目光。

「妖異保育園區的保育員要做些什麼？」蘇舒問到後面也有點不好意思。

也僅僅頓了下，相較於白眼已經快翻不回來的陸亦清，段長樂半點不耐煩都沒有，簡單和她說了下工作內容。

「妖異園收容妖怪的孤兒，或是給予妖怪家長寄放托育。保育員呢就是給各式各樣的妖異提供保護和正確的教育，使其成為一個好妖。」

他這樣一說蘇舒立刻就明白過來，敢情她日後的環境就是要面對一大群妖怪，不對！妖異嗎？

她真的不該許願要一個夠硬剋不倒的工作，普通的工作其實她也很滿足的。

最後的最後，段長樂給了還有點遲疑的蘇舒最後一擊，「保育員供食宿。」

「我幹！」

她就是這麼的沒骨氣，該慫的時候不拖拉直接慫。

人類，蘇舒此刻正式走上人生歧途，開啟她與妖為伍的人生大道。

第二章　妖異保育員的夜晚

妖異保育園區會收容妖異孤兒使其能夠安心成長，也提供大妖臨時托育小妖，避免其捅出無法收拾的大簍子。

園區內任職的保育員則是給予那些小妖成長過程中正確的指引，使其成為不會危害人類且能夠和人類和平共處的存在。

理解了工作內容後，蘇舒總感覺保育員就像是托兒所的老師，負責給那群小孩子把屎把尿的存在，只是這回對象成了妖異。

蘇舒還記得段長樂最後跟她說，只要妖能在正確的環境下成長，長大便不會作惡，也更能掌控作為妖的屬性。

而在充滿人類善意的環境下，跟著人類一同成長的妖化人的成功率也會跟著上升。

「蘇舒。」

「蘇舒？」

保育員的工作從晚上七點開始，詳細情形今晚就會知道。

自從昨天那一夕之間能改變今後生活的夜晚後，蘇舒總覺得世界好像更加的鮮明，很多以前不曾注意到的事情，她都會特別在意。

像是排在紅豆餅攤那個挑染著金棕色短髮，揹著側背包看上去像是大學生的小哥感覺就不是人類……啊？

蘇舒頓時被自己的想法嚇了一跳，但她就是覺得眼前這穿著休閒的大學生不是人類，是妖異。

「蘇舒！」

還在整理思緒的蘇舒直到被扯著耳朵吼了一聲，才回過神看著一臉無奈的朋友徐寧寧。

「在發什麼呆？」徐寧寧皺了皺眉頭，「還在想昨天的面試結果？」

「聽妳說只錄取一人。」

將蘇舒剛回過神的呆愣神情當作沒錄取的惆悵，徐寧寧拍著她的肩安慰，「往好處想至少又一家店或公司逃過三個月後倒閉的危機。」

「……」蘇舒面無表情的轉過頭瞥了徐寧寧一眼，「我錄取了！」

徐寧寧想了一會兒後道：「那你對三個月後的工作有想法了嗎？」

想你個頭！

白了自家穿同一條岔褲長大的好友一眼，蘇舒的注意力重新被前頭點了兩個紅豆餅但好像突然發現沒帶錢包，現在有些手忙腳亂的青年吸引過去。

墨山覺得自己就應該一巴掌拍在弟弟的頭上，打消他想吃紅豆餅的念頭。

既然還不能化人，那就應該把想吃人類食物的念頭好好壓抑著！時不時就因為嘴饞踩到妖異捕捉獵物的陷阱，被當作一隻山羌逮住，丟人！

腦中想著回去應該用什麼樣的角度把弟弟的頭當球拍的墨山，正準備厚著臉皮和紅豆餅攤老闆說自己沒帶錢下回再買時，一個身高只到他肩膀紮著馬尾的女高中生就湊了上來，手裡抓著銅板往老闆手中一放。

「不客氣。」蘇舒笑咪咪地拍拍墨山的肩膀，揚揚手就往揮手招呼自己的好友走去。

「喂！」墨山拿著紅豆餅喊著已經走遠的蘇舒，「妳明天還會再來嗎？我還妳錢！」

蘇舒笑著擺擺手，「請你吃，不用錢。」

「妳自己明明就窮得叮噹響，該不會喜歡那種類型的？說！為什麼請他吃不請我吃。」徐寧寧用手肘頂了頂蘇舒打趣道。

「他挺像小動物的。」

就是不知道是哪一種小動物，應該也是夜晚眼睛會發光還有可能吃人的那種。蘇舒認真地點評。

徐寧寧又重新看了眼那挑染著金髮，耳朵打著耳釘一身痞氣的大學生，恕她實在無法將他和小動物擺在一塊形容。

和不良放在一塊可能會貼切點，尤其是他看著手裡的紅豆餅和手機，一臉要將某人的頭擰下來的模樣。

難不成蘇舒妳是藉由一塊紅豆餅的機緣，看到了對方真切的靈魂型態嗎？徐寧寧兩邊眉毛扭在一起，好友的想法她越來越無法理解。

「應該是一頭鹿。」蘇舒還在認真思考是哪一種動物。

「……啥鹿？」

評估了一下，蘇舒繼續縮小範圍，「台灣特有種。」

「梅花鹿？」徐寧寧的腦波突然和蘇舒同步。

趕緊拉著眼前的妹子回到人類世界，別再待在動物星球頻道，徐寧寧問起她昨天的應徵過程。

「是怎麼搶到那名額的？」

「怎麼得到的啊……」

說實在蘇舒也不太清楚這包食宿的工作是怎麼落在她頭上的，而且那應徵的過程說起來也很奇幻。

遇上了一隻能變成人類的貓，而且那貓還是宜蘭有名的大將軍，大將軍親自將自家貓崽扔到山裡要應聘者找回來。

然後應徵的工作是保護、照護妖異的保育員，每天要過著與妖怪為伍直到他們能回歸山林或人類世界為止。

嗯，這故事講出來連她自己都不相信。

擷取能說的片段，整個故事大概又只剩下……

「兩個面試官長很好看，是一個在晚上的工作。」

「……」徐寧寧萬分確定她搞不懂自家好友了，怎麼辦？

為啥一個正經的應徵工作，被蘇舒講得好像是靠美色獲得的。

終於讓好友相信自己從事的工作不用喝酒或是跟陌生男子親密接觸，蘇舒放學後整理好行李時，時間莫約也將近七點鐘。

她手裡拿著那塊冰涼的鱗片，面對著現在唯一能找到裡面既沒人，推開又不犯法的門深吸口氣。

咿咿呀——

門內不是公共廁所那有些髒污又狹小的空間，而是宛如一個大山丘般的大草皮，草皮的周圍圍著木色的欄杆，正中央的建築物是一幢矮別墅造型的房子，空氣清新帶著草香，滿天的星斗閃爍，月色溫柔籠罩著。

眼前宛若世外桃源的場景讓蘇舒眼睛一亮，正準備要抬腳踏入的時候，三顆頭顱倏地轉了過來，那是三張大叔模樣的頭顱，滿滿的落腮鬍看上去很扎人。

三顆只有脖子以上部位的頭就這麼和蘇舒面對面，接著用極快的速度衝了過來，三點逼近，瞬間貼臉！

「打擾了！」蘇舒啪的一聲直接將門甩上。

門才剛闔上沒有多久，便像是被踹開一般向後彈開，裡頭的厲鬼……呃陸亦清伸出手一掌扣在蘇舒的腦門上，將人拖了進去。

「沒走錯地方……妳下次再挑公共廁所開門試試看！」

陸亦清實在很佩服她的腦部運作，哪裡門不開選公共廁所門，讓他一出去就被那猝不及防的味道熏到差點爛鼻子。

站在柔軟的草皮上，還沒感受這地方適合露營摘星賞月的氛圍，蘇舒頭一抬又看見那三顆頭顱睜大眼睛看了過來。

「噫！」蘇舒一步躲到陸亦清的身後。

「出來，這有什麼好怕的？」陸亦清看了眼藏在自己後頭的新同事，覺得剛上工頭就開始痛了。

「那三個是什麼？」蘇舒悄悄地探出頭，發現那三個頭顱四處張望後就緩緩飄離。

「飛顱妖。」段長樂從一旁的屋子裡走出來說道：「一種外型是一顆飄在空中的頭顱或是骷髏頭的妖怪。」

「只要對死者遺體不敬，就會被他們纏身詛咒。」

段長樂見蘇舒聽得很認真，繼續將故事說下去，「傳說在板橋區域有一個員外和當地的女性產生嫌隙，女子為了報復從墓地偷了一塊屍骨藏在員外的棉被裡，想要嚇唬嚇唬對方。」

「之後女子接連幾晚上都夢到有許多人頭朝自己飛來，自己也重病纏身，最後將屍骨還回去並誠心上香祭拜，這事才告一段落。」

「大多時候他們沒有惡意，不要害怕。」說完後段長樂給了蘇舒一本記載著妖異的百科大全，附上彩色圖片的那種，「有時間看一看，了解他們能使妳不感到畏懼。」

「以後長得更醜的多的是呢！膽小鬼。」陸亦清哼了聲後便朝屋子走去，擺擺手讓蘇舒跟上。

屋子裡點起了柔和的暖燈，佈局是一個大廳兩旁有螺旋階梯通往二樓的房間，左手邊的飯廳擺著一張長長的木桌。

「小鬼們還沒起床，妳先到處看看，晚點帶妳到房間。」陸亦清說完後指了指右手邊的廚房，「正在準備餐點的是方嶺，負責伙食還有我們不在的時候管理這保育園區。」

「晚點有妖要把小妖送來託管，妳先和方嶺打個招呼。」

一口氣把該說的說完後，陸亦清便走上二樓率先去確認小妖們的狀況。

蘇舒朝空氣嗅了嗅，不用特別仔細便能聞到在空中飄散那香甜黏稠的醬汁味道。

順著香氣朝廚房走去，裡頭一名男子穿著白色的圍裙站在一個大鍋子前輕哼著歌。

歌聲清脆悠揚讓蘇舒忍不住靠在廚房門上聽了起來。

方嶺有著一頭淺金色的短髮，上頭挑染著一點藍一點紅還有一點橘，多彩的顏色在他的身上反而格外的和諧，有著白皙膚色的他正攪動著不停冒出香氣的湯水。

歌聲稍微停頓之際，回過神的蘇舒和方嶺對上眼。

「你好，我是今天開始上班的蘇舒。」

「我是方嶺。」方嶺的聲音和歌聲一樣，是一種中性的輕盈感十分耐聽。

「在準備晚餐嗎？」蘇舒湊近那滾得啵啵響的鍋子探頭看。

「嗯。」方嶺稍稍側過身將人和鍋子的間隔擋開了些，避免湯汁飛濺。

「這是滷汁？」

方嶺將手裡拿著的食譜書朝蘇舒的方向翻去，讓還滿腦子亂猜的她也一塊研究。

食譜書上寫著，首先將燙過的豬五花和豬皮切成小丁。

第二步驟，將小丁拌炒香蒜末、紅蔥頭。

第三步驟，倒入醬油、米酒、冰糖、五香粉和白胡椒粉等調味料和豬骨高湯，煮至大滾。

第四步驟……

蘇舒看著這食譜上的每一個步驟，越看她的眉頭聚得越攏。

要是她沒判斷錯的話，這是滷肉飯的滷汁？

將食譜往前面多翻了幾頁，上頭的紅標題斗大的寫著：教你做出允指回味，鹹香不膩口的台式滷肉飯。

……還真的是滷肉飯。

這個時代連妖異吃飯都這麼接地氣的嗎？

她還以為妖異要吃晨間的花露水、天空盡頭的彩虹或是每天日出的紫氣呢！

「妳覺得滷肉飯的配菜適合什麼？」

對於方嶺的這個問題，蘇舒下意識便回：「黃瓜片。」

「好主意。」方嶺點點頭後又著手準備起來。

「蘇舒！」段長樂在外頭喊了一聲。

「去忙吧！待會就能開飯。」

站在屋子外頭，遠處披著星光，緩緩走來的是一個有著金棕色短髮，耳上打著時下流行的耳釘，穿著休閒一臉大學生樣子的青年，他手上用紅色牽引繩拉著一隻似鹿非鹿的小動物。

被牽在手上宛如寵物般的小動物有著棕色的身軀，頭上隱隱有著像是角的兩小包，牠跟在青年的身側發出開心的嚶嚶聲，蹄子歡快噠噠噠走著。

而且這動物蘇舒曾經在自然課本上看過，只是沒想到今天能見到本尊。

青年一走近看到蘇舒立刻「啊」了一聲，接著快步衝上來拉住蘇舒的手，「找到妳了！」

墨山一把將早上紅豆餅的零錢放到蘇舒的手中，笑吟吟地道謝：「早上謝啦！」

「不用客氣。」蘇舒這時將目光轉向了墨山握在手中的牽繩，「你的寵物嗎？」

原本東嗅嗅西挖挖的小動物聽到後突然蹦噠起來罵道：「你才寵物你全家都寵物！」

「山羌會說話！」蘇舒心直口快只憋住一個「我靠」，後頭的「山羌」兩個字直接嚎了出來。

「妳才是山羌！等我牙長出來，還不咬屎妳！」

小山羌十分氣憤被說是山羌，不停瞪著小短腿要跳起來給蘇舒好看，追著她繞著陸亦清還有段長樂兩人跑。

「蘇舒，這是火礱。」段長樂科普著，「我給妳的圖鑑上有。」

火礱火礱……默唸了幾次，蘇舒乾脆邊繞著跑邊從包包拿出圖鑑直接翻看。

找到了！

妖的外型是類似鹿的四蹄獸，但身形小得多，長大後會擁有一對獠牙。生性害羞，喜歡躲在草叢……個屁！

這不停要飛起來咬她的傢伙生性害羞喜歡躲草叢？編這本書的人一定對害羞這形容詞有什麼誤解。

火礱常出沒於高雄地帶，成年火礱可以預知火災，常被當地人當作火神的象徵。當火礱大叫時，往往是在警告人類將有大火出現。

「等我牙長出來就給妳好看！」

小火礱仍不停追著蘇舒嚷嚷，直到跩著牽引繩的墨山直接一巴掌呼在他頭上。

「好痛……」小火礱用雙前蹄搗著頭。

「我是墨山。這個像山羌的是我弟弟，墨紜。」墨山毫不忌諱的直接說自家弟弟像一隻山羌。

「你才是山羌，我是山羌……我是火礱！等我牙長出來你們就知道我的厲害。」墨紜礙於哥哥的威壓，只敢小小聲地抱怨。

「大學有活動無法照顧墨紜，弟弟就麻煩你們照顧。」

如果弟弟是一隻火礱，那麼表示哥哥也是妖異，而且還是已經能夠化人的大妖。蘇舒將墨山的身分重新定義。

「妖異也上大學？」蘇舒聽到關鍵字後一愣。

墨山聽到這問題抓了抓頭反問：「很奇怪嗎？」

小火礱墨紜發現他有機會教訓眼前這不知好歹，敢說他是山羌的小姑娘，馬上挺起胸膛道：「化人後我們還能上幼稚園呢！」

好，我知道你是上幼稚園的那個。

蘇舒用憐愛的目光看了一眼像隻驕傲的小山羌，挺著胸膛的墨紜。

「不要用那種眼光看我！小心我咬妳……」

墨紜說著說著嘴裡隱隱有了火光，那火光滿盛到要溢出來的時候，笑咪咪的段長樂突然摸上他的頭低聲：「要聽話。」

一瞬間蘇舒在向來溫潤的段長樂身上看到滿滿的黑氣，簡直就要滴出墨來似的，墨紜嘴裡的火光更是直接被他給吞了下去，只剩下一點小煙兒冒出。

「笨蛋弟弟就麻煩你們了。做錯事儘管教訓沒關係！」

交代了一點點細項，又警告頑皮的弟弟不許胡鬧要好好聽話後，墨山將牽引繩交給蘇舒轉身離去。

「我會乖乖的！墨山你也要乖乖的喔！」

星光閃爍，青年瀟灑離開的身影後頭還有一頭山羌……火蠹守著，像極了主寵分離的傷感畫面。

「好！我要進去吃飯飯。」

墨紜見墨山一走，立刻扯著脖子上的繩子將蘇舒往屋子裡拉去，到了餐廳馬上熟門熟路地咬了一個盤子放在地上，乖巧地坐在盤子前面等著放飯。

陸亦清解開墨紜脖子上的牽繩後，還順手拍了拍那顆火蠹頭。宛如主人和等吃飯努力表現的寵物。

……咳！讓墨紜知道她又數次把他當寵物山羌看，肯定又會衝上來要和她拚命。

為了不讓那隻火蠹蹦噠起來咬人，蘇舒將目光移開。

「準備開飯。」手裡拿著乾淨碗盤的方嶺解開圍裙從廚房走出來吩咐著。

陸亦清走上二樓敲響小妖們的房間，將裡頭的妖異喊起床用餐。

「每天晚間八點是這保護園區的用餐時間。」段長樂則是領著蘇舒將屋子的門窗打開。

「我們的工作就從這時候開始，要叮嚀睡在外頭或是睡在保護區裡頭的小妖異們吃飯。」

「吃完飯後的工作到時候再和妳說，現在先認識這群孩子吧！」

「墨紜你又來了啊？」一隻墨綠色約籃球大小的烏龜緩緩從院子裡爬進來，凡走過之處都帶著微風。

蘇舒見到則是快速翻閱著圖鑑，免得自己又說出失禮的話來。

制風龜，外表和一般的烏龜無異，平時居住在山谷的湖水中，成為大妖後擁有平息風的能力。

接著從樓上游移出來的是一條五彩斑爛的大蛇，尾巴上有著六朵花瓣般的觸鬚，他吐著信向段長樂還有陸亦清點頭示意。

魔尾蛇，成妖後會居住在台灣海峽，成了惡妖則會襲擊船隻使水手落海，善妖則會協助迷失的船隻返回港口。

由於身形過於巨大，魔尾蛇浮出水面時總會帶來大風浪。

「花花，你快要能成妖呢！」段長樂笑著摸了摸魔尾蛇越發亮麗的花瓣觸鬚。

凡經過陸亦清和段長樂眼前的所有妖異，他們兩人都會檢查身上是否有任何外傷，順道查看有無妖異即將踏入下一個階段。

等餐廳坐滿妖異後，蘇舒總覺得來到了一座大型的動物園……呸！在場的小妖異無論是天上飛、地上走、土裡鑽甚至是水裡游的，都乖巧地等著保育園區開飯。

蘇舒甚至看到陸亦清手裡捧著一個魚缸下樓，魚缸裡游著她說不出名字的水生妖異。

呃……所以待會那魚妖吃飯是直接把滷汁舀進水裡，讓整缸變成滷水嗎？

蘇舒看了眼那魚缸水，再看了看方嶺從廚房端出來那香味四溢的一大鍋滷肉，最後看向陸亦清。

「不許問。」陸亦清直接讓蘇舒將問題吞回去。

看到她那眼神，陸亦清一目了然，那問題肯定不是尋常人會問出來的，總之憋著。

整體場面和尋常想像中會亂作一團，或是有妖趁機作亂的景象不一樣，大家一妖一個位子一副餐具，乖巧地等著放飯，眼巴巴地看著蘇舒等四人。

輕拍兩下掌，將大夥的注意力從裝滿滷肉的鍋子吸引到自己身上，段長樂道：「她是蘇舒，新來的妖異保育員，有任何問題都可以問她。」

聽到有任何問題都可以給她提問這句話，蘇舒猛地深吸一口氣，回頭看向笑得人畜無害的段同事。

她覺得如果有任何問題他們還是先問問坐在身旁的妖異朋友比較好，她怕自己亂說話誤妖歧途！

「她是人類，大家多多照顧一二。」陸亦清也給蘇舒介紹了一句。

嘶——

人類這詞一出現，妖異們立刻向是被按了風扇反轉鈕般全都大大抽了口氣，接著上下打量著新來的人類保育員。

不過還未被汙染的小妖異心思倒是很簡單，馬上就接受了這和自身種族完全不同的新保育員，露出了最燦爛的笑容。

「小姑娘，好好幹！」被喊做花花的魔尾蛇大大的嘴巴笑容直裂耳根。

「人類不要害怕，我們不可怕的。」

「人類加油！」

「有問題都能問我們！啊！我是制風龜，把我當作一般烏龜也行，看久了就看得出區別了。」制風龜憨厚的舉了舉前爪打招呼。

瞧！人家制風龜多麼貼心，就不像某隻虁。

這時那隻虁也跳出來大聲宣布：「人類之後本羌……咗，本虁罩妳了！有問題都找我！」

小墨紜如果你先擦一擦你那快要滴到盤子上的口水，還有那快要自我說服自己就是一隻山羌的念頭，她會更感動。

蘇舒再度看著墨紜露出和藹的目光，宛如一介愛護寵物的主人，只差沒摸著他的頭說好乖好乖。熱鬧的自我介紹還有認識未來新的保育員後，大家各就各位靜下來合掌。

「我要開動了！」

一陣碗盤碰撞，還有小妖異們叨叨絮絮的說話聲，讓整個飯廳更顯熱鬧。

吃飽後大家開心地往戶外走去，這時晚上十點左右是小妖異們外出散步的時間，清晨時住在保護園區裡頭的妖異會再度歸來。

「散步散步！」墨紜開心地撒開蹄子就要往外跑去。

蘇舒見狀拿起項圈，熟門熟路地就往他脖子上套去，不知道是不是被哥哥套習慣，墨紜也不反抗就乖順地被牽著。

「是不是被牽習慣了？也好，牽出去清靜還不會亂跑。」看著這一對一個願牽一個樂意被牽的活寶，陸亦清覺得室內稍微安靜會兒也好。

蘇舒帶著墨紜走到了外頭一根粗壯的柵欄旁邊，墨紜也乖巧地走過去低頭嗅了嗅，聞著聞著他靠近柱子很順腳的要將腳抬起來時，一抬頭正巧對上蘇舒那鼓勵的目光。

「沒事，我待會兒用水沖一沖。」蘇舒很貼心地說著，她以前都是這樣牽親戚家的狗狗出門廁所，大便隨手撿小便順手沖。

墨紜思考了半晌，明白蘇舒話裡的意思後直接炸毛。

「我不是寵物！我要咬屎妳！」

「妳才是山羌，妳全家就妳是山羌！」墨紜一蹦一跳地飛躍起來對著把他當作小寵物對待的蘇舒齜牙咧嘴。

「我沒說你是山羌。」被追著跑的蘇舒一臉無辜。

「我不是火鼉是山羌……」半晌小墨紜再度思考了一下，然後嚎得更大聲了，「我是火鼉！我牙長出來第一個咬穿妳，臭人類！」

跑跳著小墨紜的嘴裡似乎又有了火光，感覺有點玩鬧過頭的蘇舒趕緊模仿段長樂的口吻。

「墨紜，要聽話。」

想起了稍早段長樂的警告，嘴裡的火花直接成了煙霧，墨紜哼了一聲後抖開牽繩就往森林裡跑去自個兒遛彎。

晚間十一點是處理完小妖瑣事後，保育員們的用餐時間，蘇舒、段長樂、陸亦清還有方嶺四人坐在餐桌前，邊匯報一天行程邊用餐。

熱騰騰的白米飯香氣四溢，晶瑩剔透的，堆疊在一起像極一顆顆橢圓形的珍珠，鹹香不膩口的滷肉搭配著濃稠的滷汁直接澆淋在上頭，再搭配著酸甜可口、爽脆不膩的醃黃瓜片。

「真好吃！」蘇舒幸福地瞇起了眼睛，享受著米飯和滷肉的結合，在舌尖上一同共舞。

「謝謝。」方嶺笑著接受讚美，並且又給蘇舒舀了一湯匙滿滿的滷肉。

吞下嘴裡的食物，他們三人開始討論起關於妖異的事情。

「地牛睡醒了。」陸亦清擦了擦嘴角的醬汁。

蘇舒一聽到他們討論起妖異，馬上翻開妖異圖鑑找著關於地牛的資料。

地牛，台灣傳說棲息於地底下的巨牛，也是發生地震的源頭。

哎？地震不是因為板塊擠壓和錯動嗎？

書上關於地牛的介紹，為蘇舒敞開了一條除了地球科學以外關於地震的途徑。

民間關於地牛比較普遍的說法認為，地牛睡在地底下，每當他因為翻身或是搔癢而挪動身體時就會造成地震。

「那小傢伙終於睡醒了嗎？」段長樂同樣放下湯匙。

「而且化人。」同樣得到消息的方嶺收了大家的餐盤，進了廚房刷洗。

「那我們是該去瞧瞧他，免得搞出太大的動靜。」段長樂定下探訪時程，「據說金雞也在同一時間化人了。」

「金雞金雞……」蘇舒唰唰唰的翻動圖鑑。

「金雞跟地牛是冤家，兩人見面不打個一架不會罷休。」段長樂接過書，直接翻到了關於金雞的介紹，「兩個一打便會造成土表劇烈顫動，估計就是你們所謂的大地震。」

「兩個屁孩。」陸亦清提出一個簡單暴力的做法，「明天直接把兩個人打一頓。」

「我記得上次就是因為下手輕了，他們之後還是打了起來。」段長樂呵呵了兩聲，和陸亦清對視一眼兩人取得共識。

這次絕對把他們倆打出屎……打到站不起來。

「咳。」

和那隻山羌處久了，不自覺說話都跟著粗魯起來。

陸亦清和段長樂兩人輕咳了聲化解差點粗口的尷尬。

等方嶺洗完盤子坐回來後，他們接著討論關於保育園區即將在近年成妖的妖異們。

「估計下個月花花就能離園，就是不知道會成妖還是化人。」段長樂說出自己的判斷。

「那天我會空出時間。」陸亦清點頭。

「我也會在。」方嶺放上了一盤切好的梨子加入話題。

見那三人又各自思索的陷入沉默，有一件事情一直很在意的蘇舒小聲開口。

「那個……」

「什麼事情？」

三個男人直接將目光送給了蘇舒，給予她滿滿的注目。

「招聘的時候說過，這是妖異保育員區第一次招收人類保育員。」

像是知道蘇舒接下來要問的問題是什麼，三人已經率先勾起唇角，笑意直接溢出。

看著他們三人笑得這麼滲人，蘇舒一時間拿不準究竟要不要將問題問出，最後她硬著頭皮問。

「你們三個不是人類嗎？」

段長樂對於這個可愛得緊的問題，笑容更盛地問：「妳想知道嗎？」

「打住！」蘇舒身子一抖直接制止三人任何一人公布問題的答案，「當我什麼都沒問，你們也什麼都沒說。」

想了想，求生慾旺盛的蘇舒最後還憋了這麼一句：「……然後我挺難吃的。」

易迷路。

「才不吃垃圾食物。」陸亦清翻了翻白眼。

不過他這回覆讓蘇舒內心哀號聲頓時大了起來。

媽咧，同事好像都是妖異怎麼辦，在線等超急的！

飯後稍微打掃整理環境，由於今天沒有外出的安排，段長樂讓蘇舒早點休息，沒事別跑出去容易迷路。

蘇舒表示自己還是挺惜命的，絕對不會拿自己去試探山頭的其他妖異吃不吃垃圾食物，陸亦清不懂品嘗不代表其他妖異不懂。

「我絕對不會離開這裡半步。」

「晚間山頭還是挺危險的，儘量別……」

笑了下，段長樂給她指了指房間，「二樓是小妖異暫時的居所，三樓正中間的空房間給妳，妳的左手邊是住方嶺，右手邊兩間住的是我和陸亦清。」

拿著掛有小蛇和小貓咪飾品的可愛鑰匙，蘇舒推開自己的房間。

房間裡頭一張整潔的雙人床鋪著淺藍色的床單，床頭有著一個黑貓咪樣子的大抱枕，大衣櫃、書桌、獨立衛浴及基本生活用品一應具全，藍色系的房間帶給人沉穩的安心感。

站在門口看著裡頭的一切，原本一直擔心流離失所的心，在一瞬間找到歸屬般地踏實。

這裡就是自己未來好一陣子的家了。

蘇舒深吸一口氣，按下突然有點鼻酸的感覺，不過就是跟妖異為伍嘛！她可以做到的！

「蘇舒，加油！」蘇舒給自己精神鼓勵了一句。

清晨的陽光透過落地窗灑落在房間內，還等不及床鋪裡的人兒翻個身繼續賴床，房門碰的一聲被推開，蘇舒猛地從棉被堆裡坐起，連滑落肩頭的衣服都懵的沒去搭理。

一隻火犫昂首走了進來，「人類起床啦！本羌……本犫特別來叫妳起床吃早飯！」

經過一個晚上你已經快要被山羌同化了嗎？

蘇舒揉揉眼對著已經跳到床上東聞聞西看看的墨紜道早。

「墨紜早。」

「陸亦清，早安。」清醒過來的蘇舒順勢也對站在房門口的陸亦清問好。

原本想叫了人就走的陸亦清一眼就看見蘇舒肩頭那三道猙獰的爪痕，那宛如猛獸抓出來的痕跡讓他的眉頭一皺，吩咐了句動作快點後便轉身離開。

「方嶺，早餐我想要吃涼麵！」完成叫人任務的墨紜蹦蹦跳跳地往樓下去，嘴裡還不停地給自己加菜，「涼麵要加美乃滋的那種。」

然後豆花要加豆漿是吧！

嘉義口味嗎？在後頭聽著的蘇舒一瞬間就猜出了那隻犫的出生地。

清晨玩了一整晚的小妖異們吃完早飯眼皮子也差不多拉聳上了，將他們趕去睡覺保育員一天的行程基本上就告一個段落。

「總覺得好像不知道自己都做了什麼。」蘇舒看著園區前在陽光下盡情伸展枝葉的大草皮嘀咕了句。

昨天一整天好像就負責放飯？

「今晚有妳忙的。」陸亦清扔下一句話後轉身進了屋子。

「上學路上小心，然後妳是妖異保育園新來的人類保育員一事估計已經傳了出去。」

「保育員大夥大多都會特別關照一二，有難處不要客氣。」

「爭取早點將所有的妖異特點熟稔於心，有好處的。」說完段長樂特別朝遠處看了一眼後提醒：「下午會有暴雨，記得攜帶雨具。」

待段長樂也進屋後，方嶺點了點自己的下巴思索了一陣，隨後眼珠子俏皮地轉了下對著蘇舒道：「我是婆娑鳥。」

蘇舒：「……」

沃草！她不想知道啊！

她昨晚花了一晚上翻閱完整本圖鑑，徹底了解台灣的生物豐富程度，順便不停說服自己，說不準她的同事都是人類，只不過生性頑皮，想要對她使壞一下才把自己營造成妖異的感覺。

沒想到，這美好的小夢想一下子就這樣破碎得乾乾淨淨。

第三章　不如猜拳決勝負

婆娑鳥又稱台陽妖鳥，是台灣民間傳說中的靈鳥，能以歌聲魅惑萬物。

此妖異有的身形大如鴻雁，也有的小到跟鶯差不多，頭上會有如鳳般七彩的羽毛。他們的鳴啼聲十分優美，能吸引百鳥聚集，為婆娑鳥獻上寶物和美食珍饈。

蘇舒想著關於婆娑鳥的介紹，聯想到方嶺那優美的歌聲、好聽的嗓音還有頭上那混雜各色但卻十分賞心悅目的髮色……

嘶——還真是婆娑鳥化人的型態。

腦中方嶺和婆娑鳥特徵對上的一瞬間，蘇舒忍不住倒吸了口涼氣。

這麼看來段長樂和陸亦清也可能是妖異？

自從有了天下萬物皆可能是妖異的想法後，蘇舒覺得自己現在看什麼東西都會先想想對方到底是不是人類。

就像現在正在授課的國文老師，蘇舒越看越覺得他不是個人類。

長相清秀就算了，那氣質在這高中的老師群來說簡直不是一般人能比的，就宛如白蓮出淤泥而不染，說話不疾不徐好像世上沒東西能讓他掀起任何波瀾一般。

黑色柔軟的短髮整齊梳攏，長相斯文的語文老師許鹿相當受到學生們的喜愛，尤其是他風趣的上課方式和沒有任何能難倒他的博學。

「蘇舒，你瞪著許老師看做什麼？」

徐寧寧發現鄰座好友死看著老師，用目光將老師從頭頂到腳尖不停來回打量，要不是殺人犯法，她猜測蘇舒這會兒就會衝上台把老師剖開來看個仔細。

「殺人犯法。」徐寧寧好意地補充了一句。

「……我是那種人嗎？」蘇舒一口氣差點沒喘過來，是經過什麼樣的腦內分析才會提醒她殺人犯法這事情。

「妳的眼神就是這麼赤裸。」徐寧寧攤了攤手，「說吧！看什麼？」

「我覺得老師不是人。」蘇舒說得十分真誠，奈何只換得好友看神經病一般的眼神。

得！高處不勝寒，她的眼界如今已經不是一般人能懂的範疇。

雖然只是猜測，但許鹿這氣質給她一種在人群中稍微格格不入的感覺，蘇舒邊想著可能是自己猜錯，邊將圖鑑放在書桌下偷偷翻看。

氣質出眾、溫和有禮、處變不驚、黑髮黑眼身形高眺……

蘇舒仔細查找著有可能證明老師是人類的一切可能，找得正投入的時候這才發現周邊突然沒了聲音，頭微微一側對上的是一雙筆直修長的腿，再往上看一些，許鹿正面帶笑容地看著自己。

「呃……」上課打小差直接被抓包，讓蘇舒尷尬地乾笑了幾聲。

許老師伸手叩叩蘇舒的桌面，開口：「專心。」

這溫文儒雅的叮嚀模樣讓坐在周圍的女同學羨慕不已，全都希望剛剛被敲的是自己的桌子，或許還能是自己的腦袋瓜。

只有當事人蘇舒心裡掀起的滔天巨浪，就在剛剛許老師吐出來的聲音雖然是專心兩個字，但是蘇舒很肯定那嘴形咬的是另外兩個字。

白鹿。

……她真的一點都不想知道許老師你也是妖異的事情啊！況且嘴型和說出來的話完全對不上也是妖異的必修課程嗎？

蘇舒抬頭又再度對上許鹿那帶著淡笑的臉，腦裡浮現段長樂今早和她說的話，下午會有暴雨，記得攜帶雨具……不是，是另一句。

「妳是妖異保育園新來的人類保育員一事估計已經傳了出去。」

該不會待會兒下課的時候，外面教室會排一整排的同學、老師、校友爭相看看她這新來的人類保育員長什麼樣子。

蘇舒此刻已經察覺她腦中的人類世界開始混雜了不少不一樣的東西，或許學校裡頭的妖異不只許鹿一個？

咳咳咳！

莫非定律，不要去想就不會發生。一想就插旗！蘇舒趕緊搖搖頭甩開那一堆直挺挺立著的小旗子。

「許老師真是好人。」徐寧寧見好友只是被敲敲桌面，感慨著。

要是別的老師說不準就會擺起臉色來，至少不會這麼輕易就放過。

「是一頭好鹿。」蘇舒下意識地回嘴。

徐寧寧眉頭一皺試著和好友腦波重新連線，「又是梅花鹿？」

「白鹿。」

這回蘇舒依然說得十分認真，但是仍換來好友徐寧寧一臉「喔，好喔，妳說什麼就是什麼」的敷衍神情。

白鹿傳說是由邵族那邊流傳出來，白鹿一詞也象徵著祖靈的獻禮。常出沒於日月潭一帶，但是由於數量稀少，因此也傳聞見過此妖異的人將會獲得好運，有著吉兆的意思。

接下來的一整天，蘇舒沒有再發現任課老師有任何一人是妖異的跡象，如此平安地度過，走出校園聽著徐寧寧叨絮，蘇舒的目光看向了不遠處的巷口，那裡有著一頭渾身黑紫色頭上有著獨角型態似馬的妖異，僅出現一瞬間便消失在遠處。

「寧寧，你今天有帶雨具嗎？」蘇舒問著。

徐寧寧抬頭看著風光明媚，半點積雲都沒有，太陽火辣辣地蒸騰著大地的氣候，一時間不明白蘇舒問雨具做什麼。

「這給你。」蘇舒摸了摸包包將一把折疊傘塞給徐寧寧，「晚上會有暴雨。」

「暴雨？」徐寧寧抹了把被太陽曬出來的汗珠。

雖然蘇舒有點懷疑對方應該只是來瞧瞧人類保育員生得什麼樣子，但她還是堅持晚間要上補習班的人將雨傘收好。

一角獸，棲息在高山，一旦在平地出現則代表該地區即將有一場暴雨。

＊＊＊

嘩啦啦啦——

黃豆大小的大雨如用倒的一般傾瀉而下，妖異們取消了飯後戶外玩耍的行程，各個都有點無精打采地靠在窗邊看著外頭，或是圍著方嶺聽故事。

只有某隻不安分的火譽一腳蹬開了門，不顧雨水不停潑灑進來就是要往外跑。

這種散步的執念讓蘇舒想到了某種犬種，沒記錯的話強風是博美，暴雨是柴犬。

「不準去。」蘇舒一把將墨紜又拽了回來。

墨紜垂頭想了下後提議，「妳可以用牽繩拉我。」

蘇舒：「……」

現在的重點是牽繩嗎？

「外頭雨這麼大，你哪都不能去！」蘇舒再次強調。

墨紜又重新思考了半晌後折衷，「不然妳站在屋簷下，用牽繩？」

就說了重點是雨很大不是牽繩！你又什麼時候這麼喜歡被牽繩牽了，昨天被牽不是兇得很？蘇舒現在只想拿牽繩抽這隻火譽。

「蘇舒，我們出門。」

段長樂拿給蘇舒一件雨衣，一旁早已準備妥當的陸亦清看著外頭的暴雨一臉厭世。

「我也要去！」墨紜這回直接啣著牽繩，衝了過來。

最後墨紜順利地被套上了心心念念的牽繩，繩索的另外一端拉在表情平淡的方嶺手上，方嶺一彎腰就將繩子綁在桌腳打了個結實的結，惹得墨紜扯著桌腳不甘心地嗷嗷直叫。

「你心情不好？」無視身後逐漸被方嶺鎮壓住的鬼叫，蘇舒問著一踏出戶外就苦著臉的陸亦清。

「我討厭弄溼。」

「你不用雨衣嗎？」轉向另一邊，蘇舒問著任雨水打溼自己，再順著髮尾流下，儼然一副出浴美人模樣的段長樂。

只見他直接將擋在眼前的瀏海瀟灑往後一撥，回答道：「反正待會也會弄破，再者我也挺喜歡淋雨的。」

待會是要去做什麼能把身上雨衣弄破的大項目嗎？蘇舒突然也很想跟方嶺一起待在室內，至少不用幹一些感覺起來會死人的大事。

「……我們要去哪？」深吸口氣，蘇舒決定先問問目的地，好讓自己有個心理準備，至少知道自己正往哪條路上作死。

「蘇舒。」段長樂道：「今天帶你執行妖異保育員的第一項工作。」

「地牛和金雞今天化人。」陸亦清抹了把就算穿雨衣依然被大雨打溼的臉。

「化人不是好事嗎？」

蘇舒記得妖異們經過長年累月的累積，最終將會得到羽化成人的機會。有許多大妖終其一生，直到最終消逝都碰觸不到那化人的門檻。

既然如此化人不是應該慶賀的事情嗎？為什麼聽他們倆的口吻，地牛和金雞化人是一件麻煩。

「菜鳥多學著點。」陸亦清嘆了口氣，「那兩個冤家一起化人，不是好事。」

嗶嗶嗶——

蘇舒三人的手機突然同時發出急促的警鳴聲，這聲音他們都很熟悉，是地震來臨前或來臨後的手機警告通知。

沒等太久隨著地板左右搖晃，莫約四級左右的有感地震隨之而來。

等等！地牛？

「該不會……」蘇舒這時才聯想起所謂的地牛和金雞是什麼樣的妖異。

「沒錯。」陸亦清看著不遠處烏鴉齊飛的山頭瞇了瞇眼，「他們要打起來了。」

地牛，是台灣民間傳說中棲息於地底下的巨牛，常被說是發生地震的源頭。

而每當金雞遇上地牛總是想要啄他那麼一下，讓地牛蹦噠一下，這一翻身或移動便會造成地震。

以往一個長居在地底下，一個盤旋空中要遇上的機會還算少，如今化人了……

嘶——想著那兩個傢伙扎扎實實打起來會發生什麼樣的天搖地動，蘇舒就感覺到一陣牙疼。

地下的土地又是一陣晃動，差點讓蘇舒沒站穩。

這回的地震比上回更加劇烈，手機也不停震動發出警訊。

他們抵達的時候，原本該長滿樹或草地的山坡地已經被清出一大塊遭打擊般凹陷的空地，大坑洞的兩端站著年約七八歲左右的男孩女孩。

他們兩個抿著嘴死瞪著對方，宛如一個角鬥場開始決鬥前的模樣，就只差一個裁判。

地牛化成的男孩有著一頭土黃色的短髮，圓潤的臉上有著少許雀斑，穿著的白上衣沾染許多黃土，加上雨水一攪，一身泥濘。

他對面揚著下巴一臉得意的女孩，則是將金色頭髮扎成兩個包包頭，穿著金黃夾紅洋裝的金雞，十分俏皮可愛。

「沒想到你今天也化人。」金雞的聲音清脆，她看著地牛揚眉。

「也沒想到妳這豆芽菜化人還是一樣的醜。」還有點奶聲奶氣的地牛拇指朝下一比。

「你才醜！」金雞手一揚，幾根如小刀般的金色羽毛立刻朝地牛射去。

地牛輕巧地一閃便將攻擊全數閃過，他手往地面一舀，就像挖布丁一樣，輕易地挖出了一大塊堅硬的土塊。

他手一扔那大土塊便朝對面金雞飛去，兩人就這樣不顧周邊還有觀眾圍觀，一來一往扔來扔去，每當地牛被擊中便會引發一次或大或小的地震。

蘇舒三人口袋的手機也因此震動到發熱。

「停下。」或許是被那不停地尖鳴警訊惱到，陸亦清出聲讓他們的攻擊暫且停下。

按照這個節奏，他們妖異保育員就該出場，好言勸說阻止這場會造成大地震的打鬥。接著地牛和金雞重歸於好，和和美美地回到地下跟天上，人類和妖異圈就此得以倖存。

蘇舒原本是這樣子設想接下來的劇本，沒想到那兩個小正太和小蘿莉僅僅瞥了他們的方向一眼，緊接著金色羽毛和土塊就直接朝他們擲來。

公親變事主，原本來勸架的直接成了攻擊目標！

三根尖銳的金色羽毛釘在段長樂的腳尖前，再多往前一點估計能直接刺穿他的腳掌。

「喲！還挺凶。」段長樂嘖嘖兩聲。

啪啪！

陸亦清的身後出現兩道虛影，直接將迎著自己和蘇舒而來的土塊在身前拍成粉末。

吃了一臉沙的蘇舒覺得事情好像跟她想像的完全不一樣，而且她還看到段長樂開始捲起了袖子，討厭淋溼的陸亦清更是直接脫下了雨衣，兩人一副要上場幹架的模樣。

「你們……」不知道要不要跟著捲袖子脫雨衣的蘇舒，夾在二對二的中間有點尷尬。

「蘇舒，後退點。」段長樂將袖子整齊地捲到手肘的位置。

聞言蘇舒直接後退了好幾大步，神仙要打架，她這凡人還是直接退出三米開外比較安全。

「打一盤？」地牛朝兩人的方向勾了勾指頭。

「幾年不見，又皮癢了？」陸亦清轉了轉手腕，原本紅色的眼眸轉瞬間變成銀色。

也因這短暫的中場時間，地震警訊響個不停的手機終於有機會喘口氣，這會兒蘇舒掃了一眼手機，除了滿螢幕的地震警訊，還有徐寧寧傳來的慰問。

徐寧寧：「舒舒！地震！台灣是不是要沉了，連續一直搖啊！」

蘇舒：「我在現場。」

徐寧寧：「……妳準備炸開地心？」

蘇舒：「待會兒還有一波更大的。」

徐寧寧：「？？？」

蘇舒將手機收起，專心地看著已經站好隊只差有人喊開始戰鬥，就會打在一塊的兩組人馬。

「今年說不定被打得求饒的是你們。」金雞也跟著放話。

段長樂聽到後饒富興味的笑了，「才剛化人沒多久的小妖，說話這麼衝。」

話一落下，金雞找上了段長樂，地牛找上了陸亦清，兩組人馬各自打了起來。

原本還沒見識過妖異打鬥的蘇舒還期待會看到很多絢麗的招數，例如金光閃閃的法術互相射擊，戰鬥過後地表充滿了破碎的凹洞和焦痕等等。

結果沒想到破碎的凹洞有，不過其餘啥都沒有。

陸亦清對著衝過來的地牛迎面而上，地牛急停後蹲下，陸亦清手成爪狀掠過地牛的頭直接朝後方的岩石揮去，咖咖——那塊兩公尺高的巨石直接被一掌揮成了碎塊。

顯然也被這攻擊力道嚇得一愣，地牛轉過頭看了眼後心有餘悸地看向陸亦清，一副有話好好說的慫樣。

「晚了。」陸亦清直接伸手將地牛踋住。

段長樂那邊也是一個掃腿將岩石打碎，簡潔暴力的展現大妖和小大妖的差距，讓金雞開始繞著場子逃跑。

「過來。」段長樂也不追，對著金雞招招手。

你們兩個也放棄掙扎得太早了點，方才講話的時候不是很有骨氣嗎？

蘇舒看著那兩個先是鬥志滿滿，如今轉眼間就直接被制伏，甚至還各別被按在大腿上處以打屁股之刑的兩個小孩，無奈搖頭。

不過當初不是說好的妖異保育員會提供小妖棲身之處，協助小妖順利化人，溫情教導妖異為人處世嗎？

雖然都是在教導妖異如何在這塊土地上與人共存，但蘇舒怎麼看都覺得園區是採取那種不服那就打到你服，直接擼起袖管就是揍的模式。

跟溫情兩個字肯定一點邊都沾不上……至少就眼下情況看來不適用於段長樂和陸亦清。

而且看段長樂和陸亦清兩人打得賊順手，蘇舒敢肯定他們肯定沒少做這種事情。

「他們也知道錯了，就……」蘇舒在一旁看著兩個孩子樣的妖異被打得哭腫眼睛，也是有點不捨得想為他們說兩句。

啪！啪！啪！

「不要打了……啊！我錯了！」

地牛被按在陸亦清腿上挨揍，哭得眼淚和鼻涕都流了出來，可偏偏打他屁股的人還要他說說犯的錯在哪。

「喔？錯哪了？」陸亦清稍微停手，讓地牛有認錯的機會。

地牛睜著淚汪汪的眼睛對著陸亦清眨呀眨，「不要問，問就是不知道。」

陸亦清：「……」

「我錯了！臭貓放開我！不要打了，屁股要壞嗚嗚嗚——」

這邊在粗殘地教育小孩，段長樂那頭也是，原本看似溫如儒雅的他，打起屁股來也是半分不手軟。

「放開我，啊！」

「下次還敢？」段長樂手上動作稍頓，等著腿上的女孩吸著鼻子回答。

金雞面對這個不知道該不該說謊的問題，陷入了妖生糾結，這一停頓也讓段長樂知道了她的回答。

「我會變成大妖、大妖一定要報仇。」

「等著呢！」段長樂語氣依然平淡，他還抽空看了眼方才似乎想為他們開脫的蘇舒。

「以後我一定也要打你的屁股！」金雞邊哭邊喊著，「很用力很用力地打！」

「你們接著打，我什麼意見都沒有。」

原本還想為他們說幾句好話的蘇舒頓時覺得，這兩個小鬼還是好好受到教訓比較好。

直到都打出了哭嗝，兩妖的眼睛也腫得跟桃子般並且發誓下次再也不打架，排排站認錯的時候，這場單方面的打鬥才告一段落。

「上回是比誰可以憋氣憋得長，這回又是因為什麼打架？」陸亦清看著眼前哭得一蹋糊塗的兩個孩子問。

「……比誰化人長得比較好看。」地牛說到後頭聲音越來越小。

「我明明就比較好看。」金雞也小聲回了句。

「我比較好看。」地牛用他桃子眼瞪著站在身旁的金雞。

「我才好看！」

「是我！」

原本還只敢小聲回話的兩人，聲音不僅逐漸大了起來，還重新有了劍拔弩張的氣氛。

「打贏的好看！」

「打就打！」金雞咬牙。

還真是死性子不改……

蘇舒又往旁邊走了幾步，省得待會段長樂和陸亦清正法的時候，她會忍不住也衝上去打幾下。

礙於有兩個大佬在這裡盯著，又決定不出來到底誰好看的地牛和金雞決定徵求意見。

「你們說，我們倆誰化人好看？」

陸亦清認真打量兩個妖異後摸了摸下巴回答：「都不怎麼樣。」

段長樂也跟著點評：「蘇舒好看一點。」

蘇舒：「……」

不要特別把她推到戰爭前線啊！

「你就是蘇舒？」地牛和金雞馬上就看見試圖把自己藏在陸亦清身後的蘇舒。

「新來的人類妖異保育員？」

「你們好。」蘇舒乾乾地笑著打招呼。

「看起來挺弱的。」地牛點評。

「長得還普通。」金雞跟上好朋友的步伐。

突然好想揍這兩個小鬼……

蘇舒下意識將目光飄向自己的拳頭後，只思考了一瞬間就決定放棄。不能作死，他們一巴掌能拍飛十個她。

要不是肉身不允許，她一個人能打兩個！

「打一盤？」地牛和金雞兩人突然意見一致的同時看向蘇舒。

「好……個頭！」

「你們好弱」下一句話就接「要打一場嗎」，是要測試我究竟有多弱嗎？

而且我看起來像是能跟你們一拳拳砰砰砰互打的樣子？

要真打起來，現在就可以開始招聘新的保育員，這會兒記得在招聘文宣上要求要有資深格鬥技巧，最好能一拳崩開岩石的那種人類。

蘇舒看著那兩個被拒絕後一臉鄙視的小男孩女孩，思考著應對方法，就她看來要是就這麼口頭告誡的話這兩個待會一定又會打起來。

有什麼方法是適合小孩子轉移注意力的呢？

「呿。」地牛嘖了聲，「沒勁。」

黑白猜？

這個想法一出來，蘇舒馬上搖搖頭否決，就算只是轉頭的動作肯定會被他們搞出一個天翻地覆。

要有一個不用肢體接觸，又能安靜地完成較勁的活動。

有了！

「我跟你比一盤。」蘇舒想到最安全又比較有把握獲勝的法子後立刻應戰，也終止了鬧不下來的金雞和地牛準備幹一架的氛圍。

「喔？」段長樂揚了揚眉。

「別亂來，會死的。」陸亦清倒是皺起了眉頭。

地牛一聽到那人類保育員答應和他比一盤，立刻眉開眼笑衝了上來。

「我來了！」

「等等！」

看到對方如此來勁蘇舒趕緊喊停，還下意識地又往陸亦清身後站了一步，深怕自己還來不及說遊戲規則就被一巴掌拍死。

「又怎麼？」地牛因為被中斷攻擊，腳步一滑踉蹌了一下。

「我們比猜拳。」

「蛤？」

沒等到地牛有反應過來的機會，蘇舒直接喊道：「剪刀、石頭、布！」

蘇舒出了布，而地牛出了石頭毫無懸念讓蘇舒贏下一盤。

愣愣地看了看自己握起來的拳頭，地牛立刻不甘心喊道：「再一次！」

第二次還是蘇舒贏下比賽。

第三次第四次第五次仍都是由蘇舒獲得優勝，地牛則一臉搞不清楚的傻在原地。

到底為什麼會輸？

猜拳也沒有作弊的可能，那到底為什麼……

「換我！」

金雞一屁股把地牛擠到一旁，輪自己上陣。

想當然，提出猜拳的蘇舒笑咪咪地又贏下了五盤，而地牛和金雞仍搞不清楚為何這明明就是機率問題的遊戲，他們會一場都贏不了。

「再一次。」地牛不甘心地又晃起了拳頭。

這會兒蘇舒眼珠子一轉，在地牛出拳前說道：「我會出石頭。」

地牛：「……」

她如果選擇出石頭，自己就必須出布才會贏，可是她如果是騙我的也預料到我會出布，那就必須出石頭。

不過她如果也想到我會想到的事情……啊——

地牛直接被出拳這容易的事情給難倒，站在原地不停模擬著蘇舒有可能會出的拳，接著腦子亂成一團。

「呵呵。」段長樂和陸亦清在一旁看著，不約而同都揚起了唇角。

她果然不是一般人，這簡單的法子他們這麼久以來都沒想到過。就算想過，也沒她那種把把贏的本事，還頑皮地將自己會出的拳率先說出來，搞得兩個小妖抱著腦袋苦思不出所以然。

蘇舒等著他們想的時候半點不耐煩都沒有，她身上的純淨光點也不停地冒出，散發著來自主人最真誠純粹的善意。

陸亦清和段長樂兩人環手守在一旁靜靜地看著，看著他們的新同事發出耀眼的光芒。

果然，找了個人類保育員真好。

當初選了蘇舒，不是別人真好。

「如何？」段長樂側頭問著當初一臉要把人扔懸崖的陸亦清。

「還行。」陸亦清慣例性的傲嬌。

「你可別不小心喜歡上了。」

「做夢吧！」陸亦清朝段長樂翻了個白眼。

這種傻姑娘有哪點會讓他喜歡的？更別說她還是個人類，妖怪與人類之間沒可能的。

「又輸了！」好不容易想好要出什麼的地牛再度成了蘇舒的手下敗將。

見玩得差不多，兩個剛化人的妖要掌握猜拳的博大精深肯定得花點時間鑽研，蘇舒收起了手。

「我就住在那邊的保育園區，你們有把握贏我的時候再來找我挑戰。」思考了下，蘇舒加了另外一個條件，「一個月可以挑戰一次。」

留下那兩個還在苦思猜拳到底為什麼會這麼難，還有為什麼他們一把都贏不了的妖異，蘇舒伸了懶腰走向在一旁守著的段長樂和陸亦清。

「剪刀石頭布！」陸亦清一個照面就和蘇舒猜了起來，然後他的拳頭直接被纖細溫暖的布給攏住。

「怎麼做到的？」抽回了還有著餘溫的手，他問。

「祕密。」蘇舒俏皮地眨了眨眼，笑出兩排整齊的牙齒。

其實這都跟概率、統計學還有心理學相關。

首先眼力好的可以觀察對手出拳前手部的狀態，準備要出石頭的人手指下意識會收緊，出布則會相對放鬆，而出剪刀的人小指和無名指會下縮。

再來就是心理學和統計學，初學者通常第一拳不會出布，而會選擇剪刀或石頭，如此出布的勝率就會大上許多。

最後不常玩猜拳的人，會下意識地避開和前一拳相同的拳法。

地牛和金雞這兩個菜雞對於蘇舒來說，壓根就只差把要出什麼拳給寫在臉上，要連續贏沒什麼難度。

蘇舒最後會奸詐地將自己準備出的拳給說出來，純粹就是為了攪亂他們的思考，給他們找點事情做，分散打架的心情。她的出拳則是繼續按照上頭的方法來衡量。

「我們下月一定會去找妳！」地牛和金雞這兩個小孩兒樣子的妖異，直接把不甘心寫在了臉上。

「這回我一樣出石頭。」蘇舒又給他們的小腦袋瓜留下難題後便擺擺手離去。

吹著樹林間擦過樹葉，帶著植物香氣的微風，蘇舒舒服地瞇起眼睛。

當初她誠惶誠恐的直想回家，現在覺得妖異其實挺可愛的，至少應徵這份工作她一點都不後悔。

「什麼事情這麼開心？」

「我覺得有來應聘真好。」蘇舒笑出了凹凹的酒窩。

「有沒有想過如果不小心輸了怎麼辦？」段長樂彎著眼問。

被這問題問得一噎，蘇舒有點不好意思地將目光投向武力群眾，「這不是還有你們嗎？」

頂多再把他們倆拖過來按著打一頓！

陸亦清看著和段長樂閒談的蘇舒，若有所思地瞥向她的肩頭，開口喚了聲：「蘇舒。」

「嗯？」

「你的肩膀……算了，沒什麼。」陸亦清將想問的話吞了回去。

第四章　我不化人了要成妖

妖異要從小妖變成大妖除了經歷漫長的時間累計之外，對於變成大妖最主要的方向有兩條。

第一條路，直接成長蛻變成為尋常的大妖，或許會得到相較於小妖來說，更強壯的體格、更長的甚至用不完的壽命，但終其妖生無法化人，也無法被尋常人類所看見。

第二條路，化人。

「快點，你就要趕不上了。」只比尋常土貓大上一半身版的貓妖，不停催促跑在自己身後的夥伴。

「這回是誰呀？」陸亦清甩著兩條尾巴，翻過一幢幢的屋簷快速跑著。

「桑梓，他要在今天蛻變。」

阿桑？陸亦清聽到熟悉的名字，腳步又加快了幾分，不一會兒就超越了原本跑在前頭的夥伴。

喘著氣跑到玄貓聚集的山頭時，那裡早已聚集了不下百隻的貓妖，黑壓壓的一片貓海覆蓋著整個山坡地。

所有玄貓努力坐挺身子探頭往中央看去，那兒有一隻有著兩條尾巴，通體漆黑的玄貓正等著月色被雲霧徹底遮掩前的蛻變時機。

陸亦清看著曾一起立志要化人的朋友，原本興奮的尾巴有些沒精神地垂了下來，雖然早已知道朋友的選擇，但是他還是輕聲地問著坐在旁邊的貓妖。

「桑梓要化人還是成妖？」

「當然是成妖，玄貓化人多難！」一旁貓妖沒好氣地呿了聲。

是啊……玄貓成妖比化人容易多了。陸亦清輕輕嘆了口氣。

玄貓有兩種狀態，分為陰貓或陽貓，陰貓害人陽貓助人。而玄貓從小貓妖化為大妖的方法又因為陰陽有別，有所不同。

玄貓若是在蛻變前害人居多，那麼就會成妖。若是助人居多，得到足夠的感謝又稱為善意，那便能更輕易化人。

不過身為妖異要助人得到人類的善意哪有這麼容易，先不說尋常人類無法看到妖異便無法得知幫他的人是誰，又能如何表達謝意？

更別說大多一般人類看到妖怪的時候不要放聲尖叫，瞬間讓負面情緒爆棚就了不起了，談何善意。

確實成妖要比化人容易上許多許多……

雖然心裡頭明白這兩者間的難易差距，但是陸亦清看著準備在眾人見證下成妖的好友，仍忍不住搖頭惋惜。

「阿桑，你還是等不到嗎？」看著逐漸高掛的月色，陸亦清輕聲低語。

五十多年前，陸亦清在一個殘破不堪的公車候車亭遇見了縮在裡頭，任由大雨將自己打溼的桑梓。

「你喜歡淋雨？」陸亦清忍不住問。

桑梓沒好氣地直接翻了白眼，身後兩條靈活的尾巴就這麼甩了過去，「我在等人。」

「人？」陸亦清偏了偏貓頭，「他們又看不見你。」

人類又看不見他們，你在這蹲著淋雨有意思嗎？

「她看得見。」桑梓十分篤定地說著。

經過一連串不屈不撓地詢問，陸亦清這才知道整件事情的始末。

幾年前一個同樣下著颱風雨的傍晚，桑梓恰巧路過這裡的時候，候車亭有一個人類高中生就這麼奔出了候車亭，然後一把將渾身溼透的桑梓給抱起，直接將他抓去候車亭那頭躲雨。

高中生還用著衛生紙將一臉發懵，還搞不清楚為什麼人類可以看見自己的桑梓給擦乾，這還不罷休，高中生又拎著他不停耳提面命地讓他別淋雨。

目送高中生上了公車後，桑梓還持續呈石化狀地思考貓生，喵的為什麼人類可以看見自己？不過替他擦乾身上水分的高中生渾身都散發著光點，那光點不停地融入桑梓的身軀裡頭，讓他渾身充滿暖意。

第二天桑梓依然到了那候車亭，高中生也在，不過這回無論桑梓在她腳邊怎麼撒潑，高中生再也看不見他。

接著數十年如一日，只要遇上下雨天桑梓便會帶上一包面紙放在候車亭，那高中生也從懵懂的少女成了手拉小孩的少婦。

不過也就只看見那麼一次，桑梓在她眼裡就如同不存在般地透明。

「曾經看見啊？」陸亦清甩著尾巴，靜靜地聽桑梓將很久很久以前的故事說完。

或許是那天的天時地利人和正巧湊上了，讓原本看不見的少女突然能看見妖異的存在。

「幫你擦乾一次，就惦記上了？」陸亦清問著身旁這隻每天都到這裡等候的玄貓。

桑梓有些不好意思地搔搔臉，「我還想再感受一次，被人類善意包裹的那種感覺，暖洋洋的很幸福喔！」

兩貓因為那次候車亭的偶遇成了朋友，桑梓為了再見那人一面朝著化人努力，陸亦清則是陪著朋友一塊，他也想體驗所謂被人類善意包圍的暖意。

不過化人實在太難了……

甩甩頭陸亦清重新看向了站在最前端，已經決定好成妖放棄化人的桑梓，雖然感到滿滿的惋惜，但還是在點點月光將他包裹時鼓起了掌。

喵嗚——

一陣淒厲的貓叫聲，一隻玄貓帶著銀色的眼眸蛻變成功。

「唉喲！是大妖呢！」陸亦清用貓掌拍了拍現在突然多出了自己兩三顆頭，渾身腱子肉的桑梓。

「化人太難了。」桑梓苦笑。

理解桑梓在說什麼的陸亦清也收起了打趣的心情，「等不到？」

桑梓點點頭，話語裡充滿了苦澀，「等不到。」

那個曾經對桑梓伸出過援手的女子，在上週因為年老病逝。桑梓曾經在病房外看了她一眼，但是她仍舊看不見。

人妖就是這麼殊途，或許一輩子的緣分都拿去換了那一眼。

「你呢？」

陸亦清摸不著頭續地答道：「一樣吃吃喝喝的。」

啪啪！桑梓的尾巴甩了這不正經的傢伙兩下，「問你正經事，你時間也差不多該決定了。」

「成妖吧！」陸亦清答道。

桑梓抬頭看著黑夜中逐漸被雲霧繚繞的月亮，嘴裡忍不住嘆息，「要是可以，還真想化人。」

「真想親口跟她道謝。」

用尾巴安撫地拍拍好友的背，陸亦清仍決定，「成妖。」

化人實在是可遇不可求的機會，與其追尋那奇蹟不如實際點，將目光放在可能上頭，只要不要去想就不會渴望那奇蹟能發生在自己身上。

將「如果可以我還是希望你化人，感受著來自人類那純粹善意」的這些話嚥在喉裡，桑梓問著心意已決的陸亦清，「打算什麼時候成妖？」

「下週日吧！那天的月亮正圓。」陸亦清原本血紅色的眼睛一瞬間成了銀白色。

「喲！赤裸裸的惡意啊？」桑梓彎了彎他的眼。

聽著山頭此起彼落的貓嚎聲，陸亦清看著逐漸被雲霧遮蓋的月光哼了聲。

既然化人這麼難，那不如成妖。

反正人類也見不得他們好，不如就利用你們的畏懼成妖。

＊＊＊

陰雨綿綿的街口，除了熱鬧的人車來往外，幾隻溼透的貓咪零零散散地蹲踞街頭。

「蘇舒，在這兒等。」穿著碎花洋裝的年輕女子彎下腰摸了摸女兒的頭。

被放在服飾精品店屋簷下躲雨的蘇舒綁著可愛的辮子，身穿吊帶褲手裡還握著粉紅色的棉花糖。

蘇舒看著對街越來越多的貓咪偏了偏頭，好多貓咪是在等什麼呢？

那隻黑色大貓咪有兩條尾吧？真酷！

「蘇舒，媽媽先過馬路幫爸爸拿東西，妳在這邊等著。」

「嗯！」蘇舒點了點頭保證自己會在這邊當個好孩子。

陸亦清看著街頭霧雨綿綿的天氣瞇了瞇眼，只差一步就能夠成妖的他，一早就將這條街上的野貓聚集起來，準備來一場無失大雅的惡作劇，達到他成妖的最後一步。

「喵喵？」一隻臉上有疤的虎斑貓問著陸亦清。

老大，我們準備好了，隨時都能執行計畫。

「再等等，一會兒雨會更大。」看著越來越陰沉的天氣，陸亦清原本還血紅的眼轉成銀色。

「喵！」銀色的眼睛，好可怕。

瞪了那縮著脖子一臉膽怯的虎斑貓一眼，陸亦清嘖了聲。

「怕什麼，又不會吃了你。」

「喵喵喵。」虎斑貓轉過身安撫著同樣畏懼銀色眼眸的貓咪群們。

陸老大是玄貓，平常心情好的時候是紅色眼睛，心情差想幹大事的時候就會變成銀色。

你們知趣點待會兒好好幹，不然陸老大吃了你們！

虎斑貓連哄帶警告的話將稀稀疏疏的貓叫聲控制下來，重新回歸寧靜等待的氛圍。

嘩啦啦——

倏地，傍晚陰晴不定的氣候果然如陸亦清所言下起了滂沱大雨，濛濛的水氣近乎遮蔽住行人的視野。

「就是現在……」

陸亦清眼睛一瞇就在字說出來前，他頭直接瞥向一旁走著優雅貓步，甩著兩條尾巴突然出現在街頭一端的林克。

林克是除了陸亦清之外，目前玄貓中最有可能在近期成妖的妖異，個性也不是說不好就是有點薄涼和自戀，總之和陸亦清不對盤。

這會兒在貓員都部屬完成，天候也合適的情況下，他還不避讓地直直走過來，陸亦清肯定對方是來搞事的。

待他走近在身側，陸亦清瞳孔微縮，來自林克身上那只差臨門一腳便能成就大妖的氣息，毫不遮掩地朝他侵襲而來。

陸亦清和林克兩妖皆是差那麼一點就能跨過小妖的門檻，如今陸亦清布置好一切，只差令下造成人類小小騷動，蒐集完恐懼待到月圓日就能成妖。

而對方這時候抵達現場想要撿現成的意涵暴露無遺。

「這麼喜歡淋雨？」陸亦清瞪著林克，「怎麼不找池塘泡著。」

「這不是來看好兄弟在準備變成大妖，特別來見證歷史性的一刻嗎？」林克笑盈盈地說著，還加重了「大妖」兩個字。

「要不是不知道你的性子，我就相信了呢！」陸亦清將壓低了身子，咧開嘴露出尖牙。

「瞧你布置得不錯，過來看看還有沒有幫得上忙的地方。」林克身上的毛盡數豎起，尾巴甩在石磚地上啪啪作響，鋒利的爪子也從肉墊中顯露。

「滾！」陸亦清壓低身子發出低吼，對於想來撿現成的其他妖，休想他會給半點好臉色。

面上表情一僵，林克直接對愣在原地不知道該怎麼辦的虎斑貓頭頭下令，「給我上。」

「喵……」虎斑貓耳朵完全放平，看看陸亦清又看看林克，一時間拿不定主意。

「不然我就吃了你！」林克齜牙咧嘴露出尖銳的牙齒，「給我去！」

「喵嗚——」

架不住恐嚇，虎斑貓一聲令下，立刻有兩三隻貓朝馬路上穿梭的車子跳去，那時正巧綠燈即將轉紅，行人準備從人行道上快步通過馬路。

陸亦清眼尾餘光一撇，立刻睜大眼睛大吼：「不是現在!回來!」

奈何還是晚了一步，兩隻貓咪眼睛一閉身子一橫，就直接往車子的擋風玻璃衝上去，行進間的車子被這麼一撞，擋風玻璃碎成網狀，駕駛因為驚嚇猛地扭轉車頭，還未完全停止的小貨車就這麼衝向了正在過馬路的行人。

「呀啊——」

猛烈的煞車聲和行人尖銳的尖叫聲隨著一聲沉悶的碰撞後嘎然而止。

凹陷的車頭前躺著年輕的夫妻，他們身下是慢慢浸染暈開在柏油路上止不住的血，伴隨著人群驚慌的求救聲，撕開街頭起初的祥和。

「車禍！快來人幫忙！」

「先生先生，還聽的到我說話嗎？」

「報警啊！快點報警！」

「有沒有人會心肺復甦術的？快來幫忙！」

「在場有沒有醫護人員！」

「哈哈哈——」林克看到亂成一團的現場噗哧地笑出了聲。

陸亦清則是慌亂的傻在原地不知道該如何是好。

不是的、不是的……他不想要這樣子的……

他就想稍微惡作劇，就只是惡作劇。

陸亦清感受著那深入骨髓來自人類的恐懼，直到碰觸到大妖門檻時半點喜悅的滿足感都沒有，有的只是刺骨的寒意。

他抬頭看向對街那穿著吊帶褲，本該滿面笑容的女孩現在任由手裡的棉花糖落在地面，被慌亂的人群踩得破碎，女孩除了緊咬著唇呆站在原地外什麼都做不到。

陸亦清很肯定，他在車禍發生的那瞬間，從女孩雙眼倒影中看到了自己的樣子。

時隔一週，貓妖們再度聚集在了山頭，雖然有些霧氣濛濛的溼冷，但仍擋不住想要見識大妖進階盛況的貓群。

「林克真有你的！」

「林克！玄貓一族就交給你發揚光大。」

一口氣吸收到飽脹的恐懼和惡意，跨過成妖門檻的陸亦清和林克一同站在了山丘上，接受著族群的祝福。

只是一個得意洋洋地挺起胸，一個垂著頭看著自己的腳尖，好似參加這成妖宴是被迫一般。

「聽說他們弄死了兩個人類。」

「哇！這麼猛！怪不得一口氣就能成妖。」

「簡直就是偶像！」

下頭的貓妖交頭接耳討論著前些日子關於小貨車因為野貓竄出，誤踩油門撞上行人，釀成兩死三傷的社會新聞。

「林克！林克！林克！」

「你們這樣我真不好意思，多虧了亦清的幫忙。」林克笑著將大功勞給了陸亦清外，還順勢親暱地拍拍他的肩。

「別碰我！」陸亦清一爪子就朝林克揮了過去。

「亦清，那天的場面嚇著你了嗎？」林克對著一臉深沉的陸亦清擠眉弄眼。

聽到林克這麼擠兌，台下的貓妖們笑成一團，跟著調侃陸亦清膽子小見不得血腥。

「閉嘴！」陸亦清朝台下齜牙，接著直接轉身離開。

「陸亦清，你去哪？成妖宴就快要開始了！」

「你不想成妖嗎？」

陸亦清擠過貓妖群走向山坡另一頭時，所有貓妖都錯愕地不停詢問他為什麼走，為什麼突然不想成妖等等問題。

林克看著陸亦清這麼窩囊的樣子冷哼，「別管他！成妖這麼值得慶祝的事情，被他搞得像家裡死貓一樣。」

「是啊！我們別管他，今天就當是林克成妖宴。」

「今天我們天不亮不歸家！」林克喜孜孜地繼續接受大夥的吹捧。

坐在另一個清冷的山頭，陸亦清聽著身後宛若噪音的慶祝吆喝聲，靜靜的看著圓大的月亮，就連身旁坐了另外一隻貓都不曾移過目光。

那天他的計畫原本只是在駕駛停紅燈的時候，叫幾隻貓咪坐在引擎蓋上不走，搞得駕駛只能下車趕貓或是造成交通阻塞，僅此而已。

沒想到……最後的結果死了三隻貓兩個人。

想到這陸亦清又回想起那女孩驚駭的目光中，有著自己齜牙咧嘴的倒影。

「亦清。」坐在旁邊陪著賞月的桑梓也聽說了那天的大事情，他輕聲地喊了聲。

「如果成妖是如此，那不成妖也罷。」

「都是意外。」桑梓用尾巴輕輕地拍了拍陸亦清的背。

「其實我有能力阻止的。」陸亦清輕聲地說，「如果我更強一點，就能直接宰了那王八蛋。」這樣那女孩眼中的世界，可能就會不一樣。

「那你之後打算如何？」桑梓問著。

「桑梓。」陸亦清吸了口氣，下定決心般地開口：「我要化人。」

「化人，然後親口跟她道歉。」

「化人真的很難。」桑梓看著陸亦清，像是看到曾經在候車亭日日夜夜等著的自己，不過看到陸亦清那已下定決心的眼睛，他笑彎眼道：「不過你會做到的。」

「我一定會做到。」

然後親口跟她道歉，抱歉他為了成妖奪走她的世界，讓她看到了膽小不敢阻止一切的自己。

＊＊＊

街邊一幢小房子內，蘇舒抱著兔子玩偶坐在椅子上晃著腳丫，她還沒從爸爸媽媽永遠不會醒過來的震撼中清醒，只能夠呆坐一旁看著身旁大人進進出出地忙著。

她忍著捂起耳朵不去聽那些大人對她指指點點的衝動，努力安靜地做一個乖孩子。

事情發生得太突然，前一秒才摸著她頭的媽媽，只是過個馬路就被高高拋起然後再也不會醒過來。

「蘇舒。」

好像聽到媽媽用溫柔的聲音在喊她一般，蘇舒猛地抬起頭，卻發現只是一群阿姨們在討論她今後該歸誰扶養。

「你們先前不是說覺得她挺可愛嗎？」王阿姨悄聲說著，「那不如接過去養？」

「說起來這孩子也可憐，才這麼大。」

「不過聽說遇上她的都沒好事。」

「她爸爸前些日子不是才丟了做了五六年的工作，才過沒幾天就發生車禍。」王阿姨說著還偷偷看了蘇舒一眼，「肯定是天生命裡帶煞，誰碰上誰倒楣。」

親戚明目張膽在當事人面前八卦的同時，堅定目標後的陸亦清找準了那女孩的住所，打算在這段期間好好看著她，至少確定她現在還好好的。

印入眼簾的，除了寫著輓聯的大花圈外，其餘都是清一色的黑白兩色，透著哀傷沉重的氛圍，裡頭的人都只敢小聲私語，深怕打擾到亡者的安寧。

不論人來人往，人走人去，高腳蹬上始終坐著一位女孩，她寧靜地看著每個過客不哭也不鬧，乖巧得讓人心疼。

陸亦清站在後院的草地上，就這麼靜靜地陪著，直到女孩似乎注意到有人在看著自己，轉過了頭和他四目相接。

原本以為只是不小心對上眼的陸亦清就維持著原本的姿勢，直到女孩跳下椅子朝他走過來，然後拉開玻璃門。

「那天的貓咪？」

再度確認女孩看的到自己的陸亦清很慫地落荒而逃，踢起了一大塊土塊。

喵的，為什麼她能看見？幾十年來都一個貓過的陸亦清，被嚇得發出了失態的貓叫聲。

蘇舒看著不知道為什麼嚇了一大跳的兩尾貓咪，嘻嘻地笑了聲說道：「我是蘇舒。」

飛快翻過圍牆逃跑的陸亦清，直到那小院遠離眼中，他仍感到一陣心有餘悸。

陸亦清萬萬沒想到真的有人可以看見妖異，不是光線或天時地利人和這麼玄乎的事情，那女孩確確實實看見了他。

這樣也代表她知道那天是他造成了那場車禍……

第二天陸亦清也去了，來上香的人依然多，說自己叫做蘇舒的女孩仍靜靜地坐著，那扇玻璃窗打開了一點他能通過的縫。

第三天，他還是去，不過仍舊沒勇氣走入，並且在蘇舒對他嫣然一笑的時候再度選擇逃跑。

第三天、第四天、第五天，陸亦清每天都去，除了越來越少的人之外，其餘沒什麼改變，他依然站在外頭，蘇舒坐在裡頭，兩者間隔著一道敞開的玻璃窗。

這情況一連持續了一整週，隔週陸亦清大清早過去的時候，治喪的氣氛雖然還稍有殘留，不過布置的花圈已撤下，連總是待在那的女孩都不見身影。

陸亦清正張望裡頭的時候，身旁的草叢突然探出一張有點嬰兒肥的笑臉。

「你在找什麼？」蘇舒用氣音說著，像是怕驚擾到陸亦清正在找的東西一般。

陸亦清被那張突然冒出的臉一嚇，整隻貓只差沒有直接飛上牆，一爪子都揮了出去，不過很快被抑制下來，只剩肉爪子拍上蘇舒的肩膀。

喵喵！這傢伙有毒吧？

為了堵他在草叢躲了多久？看到兩條尾巴的貓咪都不害怕的嗎？

突然陸亦清注意到眼前女孩的肩膀開始被血給浸透，原來剛才他雖然很快收起爪子，但是對人類來說妖異的利爪還是過於強壯又鋒利，更何況對方還是一個皮膚嬌嫩的孩子，碰都碰不得。

陸亦清馬上不知所措不知道該如何是好，只能不斷探頭探腦地看著那不停滲血的口子，在他試圖用貓腳墊替蘇舒壓迫止血時，他的貓頭被一隻溫暖的小手覆蓋。

「沒事的。」蘇舒摸摸眼前慌亂的貓咪，「沒事的。」

陸亦清頓時被眼前的場景美得一愣，他從未在人類身上看過這麼純粹的光點，尋常人類有著自己的七情六慾，不同的情況下會從身上散發出人類本人並不知曉的光，就算是善念也通常會夾雜著私慾、算計等等。

但凡任何一點負面的能量，陸亦清都沒在蘇舒的身上看過。

她的身上不停冒出泡泡大小亮白色的光點，就如同黑夜中的滿天繁星般耀眼，讓人移不開目光。

「一點都不痛喔！」蘇舒絲毫不在意肩膀的傷，仍不停安撫著眼前不知道為什麼呆住的貓咪。

從蘇舒身上冒出的光點除了一部分消散在空氣中外，大多都進入了陸亦清的身子裡。

他這時也才明白桑梓所說被人類善意包裹，打從骨子底都被暖意包圍，渾身舒適暖脹的感覺。

從妖數十年載，陸亦清第一次被如此完全的善意包裹，不禁舒服地打起了呼嚕。

「好乖好乖。」蘇舒笑彎著眼，手上動作也不停輕撫著。

終於回過神的陸亦清先是張了張嘴仍舊什麼話都沒說出來，有的只有滿眼的愧疚和自責。

「那天小貓咪很努力了。」蘇舒加重手裡的力道，拍得貓頭不住地點，「蘇舒都有看到喔！」

「沒事的，小貓不要自責。」

「那天小貓咪想要阻止的聲音我都有聽到。」

「都是別隻壞貓咪不好，我不怪你。」

那天整天都是蘇舒一個人摸著他的頭，像是哄小孩一般安撫著，那一聲聲的柔聲劃開了陸亦清黑暗許久的心，如溫暖的暖陽般盈滿整個心頭。

一句句不停斷的話，讓陸亦清張了張嘴最終什麼話都沒說出來，幾週之後他再回去宅子已空，完全失去了那女孩的音訊。

蹲坐在圍牆上，陸亦清看著眼前種著兩棵大榕樹，屋內點著暖色燈光，居家感十足的房子忍不住嘆氣。

裡頭的格局跟當年一樣，但早已人事已非。

說來巧，陸亦清也是那天早上看到蘇舒肩頭上那三道貓爪，才想起當年那女孩也說自己叫做蘇舒。

嘖……段長樂那老妖怪，肯定知道這件事情。

還故意把人給找回來，怪不得當初最看好她，壓根就是要給他添堵吧！

陸亦清想起那張時常看到妖異跟看到鬼一般的蠢臉，還有段長樂那老是胸有成竹老神在在的模樣，忍不住翻了白眼。

陸亦清看著屋內溫馨的情況，再對比著當初那被當皮球踢來踢去，誰都不願意照顧，但仍帶著笑容永不露出自己脆弱一面的女孩。

他輕輕喚了聲。

「蘇舒。」

「什麼事？」

陸亦清：「……」

沒想到這一聲會得到回應的陸亦清背上的毛直接豎起，還好這幾年歷練有成，這回沒一爪子揮過去。

看著那正以極醜姿勢攀上牆的蘇舒，陸亦清嘴角忍不住一抽。

妳這傢伙是猴妖化人嗎？

這麼高的圍牆妳都爬得上來……

「在看什麼？」終於找準位置坐下的蘇舒也跟著看著房子裡頭和樂融融的情形。

他們活像個偷窺狂。

蘇舒將這話憋在心裡，很有良心的沒再刺激顯然有心事的陸亦清一把。

「沒什麼。」陸亦清嘴巴上這麼說，但是仍直直地看向裡頭打理得井然有序的院子。

放學經過這曾經帶給自己很多溫暖回憶，最終卻以冰冷告結的舊家，蘇舒頭一抬就看見上頭坐著一隻有著兩條尾巴的黑色貓咪。

看見貓咪紅色的眼睛，雖然不太敢確定但是蘇舒還是決定先爬上牆看看。

一上去果然聽見那貓咪開口說話，而且第一句話居然還是喊著她的名字。

經過這幾日與妖異為伍的鍛鍊，蘇舒很快就接受其中一個同事是貓類型妖異的事情。

「以前這裡住著一個看得見妖異的女孩。不過之後她不見了……不知道她現在過得如何。」陸亦清輕聲開口。

沒直接戳破陸亦清明知道那女孩是誰，還故意如此問著的逃避行為，蘇舒晃著懸在半空中的腳，說著她有點模糊的記憶。

「以前我很小的時候住在這裡，父母過世後，其中一對叔叔和阿姨收留了我。」

「他們賣了這房子，說是要將變賣的所得留做我的學費。」

說到這蘇舒聳了下肩膀，想當然區區的幾年義務教育學費壓根不可能花光一套房子的錢，只是剩下的錢她倒是半點都沒再瞧見。

而且當她成年後，叔叔阿姨就巴不得她趕緊消失在他們面前。

「我天生運氣不好，只要誰跟我沾上邊都會倒楣。」

蘇舒記得小時候就連阿姨摔破一個盤子，都會把責任賴到她身上，縱使她連那盤子長什麼樣子都沒看見。

「他們還常說爸爸媽媽是因為我的關係才會車禍死掉。」說到這蘇舒無奈地笑了下。

其實她也不只一次如此懷疑，或許周遭的人會遭遇不好的事情都是因為她的緣故。

「不是的。」陸亦清搖搖頭反駁。

沒有跟他多爭辯，蘇舒依然看著屋內響起碗筷聲準備吃飯的一家人。

已經確認彼此就是那個坐在椅子上安靜陪伴父母最後一程的女孩，跟那隻宛如守靈般每天都會到場並且偷偷待上一整天的貓妖，兩人就這麼肩靠著肩誰都沒有再說話。

最終，陸亦清劃破了沉默，他開口：「其實我一直都想當面和她道歉。」

「只是最後一次見到她的時候，腦袋可能被門夾了……我說不出口。」

聽到這，蘇舒噗的笑了聲：「你不是說了嗎？」

蘇舒伸手指著自己的胸口道：「你說了很多次，我每一次都有聽到。」

「創傷不用被記住，我們呢只要記住發生的原因就好。」

陸亦清愣愣地看向眼前帶著笑容的蘇舒，那畫面正如同數年前在庭院中，被她一下又一下摸著頭一般，她渾身都散發出耀眼的光點，璀璨得讓人只看一眼便難以忘懷。

看她比著自己的心，陸亦清覺得他的心尖彷彿被柔軟的手指給碰了一下，讓他為之悸動。

「你是來安慰我的？」陸亦清有點難為情地撇開了頭。

「我不是來安慰你的。」蘇舒直接否決他這個說法，「我認識的陸亦清不需要人安慰，他足夠強壯，能夠自己好起來。」

她認識的陸亦清雖然常常吼她，常態性的不耐煩和冷笑，但是對待其他妖異總是真心誠意，對待所有的事物也是如此。

那年在院子裡，那隻小貓妖的聲音不停地傳達給當年那個小女孩，溫暖著她的心。

在沒有人願意和她一起陪伴父母過世的時候，有那麼一個存在告訴蘇舒，他一直都會在。

「噁心。」陸亦清瞇起眼睛表情扭曲了一下。

看到又回復平常樣子的同事，蘇舒開懷笑著。

陸亦清看著蘇舒在陽光下格外明媚的笑靨有些分神。

段長樂對於他們為什麼避著人類自己心中沒點概念嗎？

只要不接觸就不會喜歡上，不是嗎……

還偏偏給他們找了一個人類來挑戰他們的定力。

聽著蘇舒的笑聲，陸亦清腦中突然浮現段長樂曾經和他說過的話。

他說：「亦清，你可別愛上人類。」

呸呸呸！他才不可能會喜歡上那個像猴子一樣的人類姑娘。

更何況妖異愛上人類，沒有好結果的。

第五章　玄貓成妖宴

風光明媚的週日早上，熱鬧的商店街多是家長帶著小孩趁著假日外出放電。

「我要去！」墨紜一大早就在保育園區的門口鬧騰。

「今天不能帶你去。」蘇舒蹲下來和墨紜平視，說服著這小山……火reference。

「反正人類也看不見我。」墨紜紅色項圈都已經套到脖子上，就只差有人牽他出去。

蘇舒想了一下覺得有道理，反正人類看不見……但是手裡拿著一個空牽繩有點詭異不說，這傢伙怎麼看也都不像是會乖乖聽話的樣子。

「不行去。」對上那充滿期待的水汪汪眼睛，蘇舒仍咬牙拒絕。

「要去！」墨紜十分堅持。

「我回來買紅豆餅給你。」

聽到紅豆餅這詞墨紜的眼睛閃爍了一下，他先是看看站在蘇舒背後那尊名為方嶺，待會兒或許會直接武力扣留他的鎮宅大妖，再看看眼前這願意開條件買好吃的蘇舒，墨紜萬分勉強地答應。

「要兩個。」墨紜想到紅豆餅那外鬆內軟，紅豆餡香甜綿密無比的口感吸了下口水。

「買三個給你。」

「好耶！」交易達成的墨紜快樂地一蹦一跳離開門邊，去旁邊和其他小妖玩在一塊，「今天本臺拿到紅豆餅後，分你們看看人類的紅豆餅長什麼樣子！」

從樓上房間出來還打著哈欠的陸亦清，走到門口立刻就迎來某一隻滿臉期待試圖闖關的火臺。

「我要去！」

他可什麼都還沒說。

陸亦清看著只有自己膝蓋高度的墨紜，高冷地直接將小矮子的話無視。

「我今天有事情，或許不回來。」陸亦清邊說邊用手抵著墨紜的臉，讓他無法跳到自己身上來。

「要去！我跟著不回來。」墨紜同樣對方嶺喊到。

陸亦清勾了下唇直接將墨紜的牽繩牽起，然後帶著連跑帶跳歡欣鼓舞的墨紜到院子，接著隨手將他綁在圍欄上打了個死結。

「陸亦清大笨蛋！」

「等我變成大妖一定要給你好看！」

「啊——陸亦清大笨蛋！」

蘇舒一踏出戶外，便是看到一隻被束縛在圍欄上的火臺正大聲的對遠方高眺的背影咆嘯。邊嚎還不忘提醒她，「我的紅豆餅要熱騰騰的。」

熙攘的街道上，林莉扭了扭昨晚追逮又出來偷婦女貼身衣物的猴魅時，不小心拉傷的手。

混蛋猴子，都抓幾次了！每次都整出這麼大的煩麻……

你說你偷歸偷，沒事連曬衣架都整組拿走幹嘛？一整串跟放風箏一樣，會比較不顯眼嗎！

想著昨晚追著那將內衣內褲掛滿衣架，猶如旗幟飄揚，像是正在升旗的猴魅，林莉按了按抽痛的頭嘆了口氣。

「今晚南方的山頭好像有……」

正想著今天晚上有什麼行程的林莉頭一抬，便看見昨天下午坐在高圍牆上身邊跟著一隻玄貓，活像是正在場勘準備入室搶劫的女高中生。

發現同樣能看見妖異的眼熟人這還不打緊，要命的是那高中生在紅燈的情況下朝馬路衝了過去，迎面還有一輛卡車駕駛而來響起刺耳的喇叭鳴聲。

這傢伙有毒吧！

嘴巴裡忍不住罵道的同時，向來動手比動腦快的林莉就這麼衝了上去。

看著朝自己鳴笛而來的大卡車，蘇舒腦中也是一片空白。

她只是看到有一隻文龜宛如眼瞎般不看紅綠燈就走了過去，她下意識便跑上去彎腰直接將烏龜撈起。

叭——

巨大的車頭迎面撞來之時，蘇舒被身側另一個更強的力道一帶，整個人朝馬路旁翻滾了幾圈，車子也剛好直接駛過。

逃過一劫的蘇舒傻愣愣地看著突然出現將她連人帶龜給撞到一邊，現在也滿身是沙土的女子。

「妳找死啊！」林莉劈頭就罵，話一出發現圍觀的人開始增加，她拉著蘇舒朝一旁靜僻的巷子過去。

「妳有什麼毛病？」林莉喘了口氣繼續將沒罵完的話說完。

被說得一臉不好意思，蘇舒替眼前有著一頭齊肩短髮整個人透出一股清麗氣質的林莉，拿下她髮間夾雜的石塊。

「謝謝妳。」

說完蘇舒掏出被護在懷裡的文龜小心翼翼地放在地上，拍拍牠的殼提醒：「下次小心一點。」

林莉看到對方是為了救這麼一隻妖異，也不好再多說什麼，將後頭至少五百多字的教訓話語憋回肚子裡。

她多瞧了幾眼前這笑得不太好意思的高中生，越看越覺得人面熟。

「妳……」

「我是蘇舒。」蘇舒笑著介紹自己。

蘇舒的聲音一出，林莉立刻就想起眼前這笑得一臉尷尬又不失禮貌的妹子是打哪來的。

「妳是妖異保育員應聘的時候，撿了一隻野貓的人！」

林莉永遠記得那天大夥都替貓將軍帶回了小貓妖，就只有一個奇葩不知道從哪裡找來一隻真正的小貓咪，平常要特別撿都還不一定撿得到，那天晚上在荒郊野嶺偏偏就給她撿了一隻。

那顏色還跟貓爺的色系一模一樣……簡直絕了！林莉想起那在冷風中瑟瑟顫抖的小黑貓咋舌。

被提起現在還時常被陸亦清掛在嘴邊嘲笑的事情，蘇舒捂了捂臉讓林莉別再說了。

這時蘇舒也記起了這當初排在她旁邊，總是透漏著一股自信的女子是誰。

「既然都能看見妖異，那就是夥伴了！我是林莉。」林莉對著蘇舒伸出一隻手。

蘇舒握上去的同時，她這才接著說：「我記得那天我們所有人都被貓爺帶下山，除了妳。」

林莉皮笑肉不笑地說完後，還特別看了兩人雙手緊握處，似乎在琢磨著什麼。

「……我的手不好吃。」和妖異相處久，蘇舒下意識就是這麼一句。

林莉：「……」

她看起來像是會吃手手的樣子嗎？

「妳現在是妖異保育員區那唯一的人類？」林莉鬆開手一臉惋惜地感慨，「我從小鍛鍊體能、體術還有妖異的各種知識，我其實有點不懂他們為什麼選了妳。」

實不相瞞，其實她也不知道。

蘇舒認真地點點頭，表示她對此話的贊同。

雖然林莉說出來的話乍聽之下有點刺耳，但蘇舒從中卻感覺不到任何的惡意，就好像她只是單純把想法說出來一般。

「不過沒關係！」轉眼間林莉一掃落選的沮喪，重新漾開燦爛的笑容，「反正我也是去試試而已，沒成為保育員反而方便，不用被監視。」

妳想做什麼會被監視的事情嗎？

蘇舒發現林莉一臉爽朗的笑容後頭隱藏著想幹大事的心靈，她頓時有種應該通報保育園區的其他大佬出面制止一下的衝動。

「對了，妳有看過成妖宴嗎？」林莉像是想起了什麼一般對蘇舒眨眨眼。

「沒有。」

「想見識一下嗎？」林莉意味深沉地勾了下唇。

看到這笑容，蘇舒想都不想直接搖頭。

她記得上次看到陸亦清還有段長樂露出這笑容的時候，下一刻她就被幾只妖異追著滿山頭跑。當時沒妖要幫她，他們只負責聲援讓她再把加勁跑快點，不然要被追上的冷血無情。

「為什麼？」林莉揚了揚眉，她不懂為什麼這麼有意思的事情蘇舒不會稍微有點好奇心。

「因為妳的笑容充滿了陰謀。」蘇舒毫不客氣地直接坦白。

「會很有趣的！」林莉不停地勸誘，最後她想了想後說：「成妖宴說不定會出什麼意外，發生意外就會出現很多孤兒妖異，保護這些孤兒妖異，守護人類世界和平不就是妖異保育員的工作嗎？」

聽著這番冠冕堂皇的話，蘇舒總感覺裡頭混雜了點什麼奇怪的東西……

「再說，妳真的不想看看一個小妖跨越生命門檻的那瞬間？」林莉咧齒一笑，笑出兩排整齊雪亮的大牙。

可惡，想看！

和林莉約定好時間，其實也有點期待的蘇舒提前了半個小時便在入山口等著，那時太陽開始轉為橘紅，山邊人潮漸漸變少。

「往年成妖宴大多都在夜間月色升到天空頂時舉行。」

「今天月色到天頂的時間大約落在晚間八點。」

林莉和蘇舒打過招呼後便熟門熟路地介紹著今天的資料，她瞧了瞧蘇舒的腳邊側了下頭問：

「妳的玄貓呢？」

玄貓？

見蘇舒一臉困惑，林莉比劃了一下她想像中尾巴和眼睛的地方，「那天跟妳一起在圍牆上偷窺，有紅眼睛兩條尾巴的玄貓。」

忽略自己都覺得當初蹲圍牆行為很像偷窺的事情，蘇舒搖搖頭萬分誠懇：「我覺得今天的活動不適合讓他知道。」

不然陸亦清八成會直接把她從山頂踢下去，用他的話大概會這麼說：自己的斤兩不清楚嗎？與其作死不如他親自動手，至少還不用去幫忙收屍。

「讓他知道會很慘。」蘇舒滿臉嚴肅。

「……妳是受到他什麼脅迫嗎？」

逐漸入夜的山路有些微涼，視野也漸漸難以辨認夜色中的道路，不過蘇舒卻覺得自己好像都能看清楚，至少和當初應聘時兩眼一黑瞎摸索要好上太多。

要是蘇舒那會兒被段長樂的幻覺攻擊時有勇氣睜眼看看，那她便會發現那些融入她身上的光點大幅度地改善了她的體質。

不僅讓她爬了一整山路臉不紅氣不喘，還能跟林莉話家常外，連橫在草堆裡的妖異屍體都看得一清二楚。

蘇舒：「……」

她什麼都沒看到，可能是哪裡的大麻袋，不是妖異。

正當蘇舒逃避現實的時候，林莉一把將要直接走過的她扯住，瞧著她瞇了瞇眼猜測：「妳該不會想說服自己躺在那裡的是個大麻袋，眼珠子在身體位置兩米外的那種。」

嘶——

讀心術嗎？

直接被說中的蘇舒倒抽了口氣。

縱使在月色朦朧的黑暗中，那片深色的血跡仍可輕易看見，甚至讓人有種腳底下一片黏膩的錯覺。

渾身羽毛散落一地，宛如虐殺般腸子拉聳在肚子外頭，還有被惡意朝遠處拋去的眼珠子，要是妖異的血和人類一樣具有特殊的腥味，此處的空氣肯定會濃稠得讓人難以呼吸。

相比蘇舒只敢站在遠處垂眸想著稍早爭鬥的畫面有多慘烈，膽子特大的林莉已經靠近妖異的屍體確認身分。

「石燕。」林莉藉由妖異身上的花紋和毛色，確定此妖異是居住在台灣深山的特殊妖異。

「該不會要說一些妖異這麼可愛，怎麼可以打架甚至殺害對方的話吧？」林莉看著微微低頭的蘇舒設想那種嬌弱女孩子常說的話。

「我才沒那麼矯情。」撇撇嘴，蘇舒走過去用有些顫抖的手指輕輕闔上石燕睜得死大的眼，希望牠下輩子可以重新自由自在地飛翔。

「下輩子……」

「沒有下輩子喔！」林莉直接打斷蘇舒的話，「和人類有輪迴轉世的說法不同，對於妖異來說死亡就是消失。」

妖異擁有過於漫長的生命，因此像是忌妒他們一般，他們只要一死便是消散，什麼都沒有。

發現自己一席話讓蘇舒表情有點尷尬的林莉輕咳了聲，換了話題說出關於石燕的特性。

「石燕通常群體行動，不過眼下只有一個石燕的情況，表示牠可能帶崽。」

石燕只有在生產和育幼的過程中會離開家族，獨自將小孩扶養長大。等待孩子能夠獨立生存後，才會回到家族。

聽到眼前這石燕有極大可能還有小石燕的存在，蘇舒抬眼和林莉娜無時無刻都保有自信的笑臉對上。

「活著的人事物要繼續向前看，向前邁進。」

「身為妖異保育員，去確認吧！確認是否有小妖異需要協助。」

「而且敢在成妖宴都會經過的路上這麼幹，嘿嘿……有妖想搞破壞。我們來去湊熱鬧！」

原本被林莉灌了一口雞湯的蘇舒，在聽到她後頭的話後忍不住扯了扯嘴角。

後頭那句話才是妳笑得這麼燦爛的真正目的吧，想湊熱鬧不用特別冠上保育員的名字！

「按照現場這打鬥的激烈程度，我估計能閃過三招。」林莉衡量了一下豎起根手指，「逃跑沒問題。」

「……我只會被一巴掌拍死。」蘇舒十分了解自己到底有多少斤兩。

「別害怕，有下輩子。」林莉用著一種別擔心這輩子不能報仇，下輩子妳還有機會的表情拍拍蘇舒的肩膀。

呵呵，還真貼心。

虛了虛眼，蘇舒將石燕屍體稍做掩埋，至少不是身軀散落一地曝屍荒野，這才跟著林莉拐入一旁靜僻小山路。

幾乎草高及腰的草間小道兩旁有著高聳的樹，樹冠茂密的幾乎將所有光線和月色阻擋殆盡，黑幽幽的路上蘇舒只能努力跟上林莉的步伐。

「放心，這裡我路很熟。」

總覺得妳真的應該好好被監視一下，對幽僻的小道路這麼熟悉是要用來犯罪嗎？蘇舒開始擔心以後會在段長樂的腿上看到被打屁股的林莉。

拐過第四個小彎道後，林莉一把將蘇舒拉蹲下來，食指豎在唇間做了個噤聲的手勢。

「噓——前面就是成妖宴。」

同樣用著小聲耳語，蘇舒問著：「成妖宴是什麼？」

哇！不是吧？妳連這都不知道？這樣是怎麼得到妖異保育員前輩青睞的？黑箱作業？還是腦子被門夾了導致失智，連這麼基礎的東西都能忘？

蘇舒在林莉轉過來打量的目光中瞬間讀到了不少訊息，然後她可以肯定沒一句好話。

雖然納悶為什這種常識都不懂，林莉還是小聲地解釋著關於成妖宴對於妖異來說，具有多麼特殊的意義。

「對於一些比較特殊的妖異來說，他們要從小妖變成大妖時需要在特殊的時機點，才能跨越這個大門檻。」

「剛好能符合成妖所需的時間又不多，所以大多妖異都會在那一天選擇一起成妖，這就是俗稱的成妖宴。」

「可以見證生命成長的瞬間，千萬別眨眼。」林莉對著蘇舒眨眨眼，隨即將一雙明亮的眼睛探出草叢外看著。

「不是還能化人嗎？」蘇舒問著。

她記得方嶺化人，陸亦清也是貓妖化人，段長樂看起來也是個化人例子。

就連墨紜都是以化人為目標在努力著。

「化人，太難了。」林莉輕輕搖搖頭，「妖異化人需要很多的運氣。」

尤其要感受到最高量的善意。

在妖異的圈子，大家都是以自己的慾望為出發點，要發自內心為別的物種著想，很難。

她有聽某個曾經以化人為目標的妖異朋友說過，要想化人可以，最好的成功方法便是和人類接觸。

不過要找到能看見妖異，並且友善對待他們的人……真的很難。

就連林莉不懼怕妖異，那朋友也說她不行，說她那不是善意只是好奇心。

見旁邊的人已經全神貫注看著在月光照射下逐漸明亮起來的大草皮，蘇舒也學著林莉的動作悄悄探出頭，頭一出去她立刻像是一隻受到驚嚇的烏龜般將頭縮了回來。

「林莉。」

「嗯？」

「今天是什麼妖異的成妖宴？」蘇舒小小聲地問著，近乎只剩氣音，就怕草叢外那突然充滿殺氣的妖異會注意到自己。

「玄貓。」

就在剛剛蘇舒探出頭的那一刻，好死不死她就這麼和一雙殷紅的眼睛對上。

「說不定妳的玄貓朋友今天也在，幫妳看看？」

「別別別，千萬別。」蘇舒趕緊扯著林莉，讓她千萬別輕易把頭探出去。

蘇舒很有自知之明地覺得她們……尤其是她本人要真的被發現就死定了！

就在今天天還濛濛亮的時候，陸亦清就被窗外喵個不停的貓妖喊醒，貓妖帶來桑梓的口信說今晚有玄貓的成妖宴，讓他有興趣就過來看看。

不過就是一群小妖的成人禮，妖又不是他生的，大晚上不睡覺去餵蚊子幹嘛？

「沒興趣。」

陸亦清反手就準備把窗子關上時，外頭那貓妖又補充了句：「這幾日路上有妖異被殺。」

聽到這陸亦清仍決定關窗，妖異界打打殺殺正常，哪天不死妖？打不過不會躲嗎？

死了就怪自己技不如人還愛出來瞎晃。

窗子拉攏到一半，那講話總要喘大氣停頓上好半晌的貓妖才又接著說。

「傷痕看起來是貓妖所為。」

眉頭一皺，陸亦清將窗子全部打開，看著眼前正晃著兩條尾巴的小貓妖。

兩雙眼睛互相眨呀眨的，兩妖就這麼對視了半分鐘，陸亦清這才終於確定對方的話已經全部說完。

啪！

他舉手一巴掌就朝貓妖的頭頂蓋了下去，發出清脆的聲響。

「下次講話一口氣講完，不要搞故事意境那些有的沒的。」

「可是桑梓說……」

「少聽桑梓鬼扯說話要適時的停頓那套。」

想著桑梓那大貓妖肯定是邊壞笑邊讓這小妖大清早來吵他，講話還斷斷續續的，陸亦清就忍不住又往貓頭上拍了一下。

啪！

「為什麼！」小貓妖搗著頭垂淚。

「我高興。」

「你無理取鬧，你頑皮，你壞壞。」小貓妖邊嚎著邊跑開。

桑梓……放他在玄貓族裡頭怕是太閒了。

陸亦清被小貓妖最後那語帶嬌嗔的你壞壞亂噁心一把，頓時沒了繼續睡回籠覺的心思，開始思考成妖宴和那些疑似貓妖所傷的屍體有什麼關聯。

雖然妖異間互相打殺很正常，就算不小心是在通往成妖宴的必經之路上，也不算稀奇。

但是玄貓成妖宴的時間和地點在貓妖這一支系一直都不是什麼祕密，為了避免互相有嫌隙，通常貓妖爭鬥時都會避開主要道路，尤其是在成妖宴即將舉行的重要時刻前。

那小貓妖說打鬥的印記是貓妖幹的，那麼極有可能……

「有妖想搞事情。」

即將入夜的山間溫度開始緩緩下降，看到滿草地嫣紅的血液時更讓人心寒，陸亦清沒有在模樣悽慘的屍體上頭多停留目光，他注意到了一旁岩石上的印記。

灰白色約半人高的岩石上，原本就凹凸不平的表面上多了兩道長長的痕跡，就像兩條粗麻繩同時大力甩過般。

從人的型態變成玄貓的樣子，陸亦清用自己的尾巴在上頭稍做比劃。

見自己的尾巴幾乎符合岩石上的印子，他瞇了瞇眼，「這下有趣了。」

此刻陸亦清可以確定這事是大妖所為，而且還是玄貓大妖。

渾圓的月亮剛從地平線蹦出來，即將舉辦成妖宴的山頭已經零零散散聚集了不少玄貓，連大妖桑梓都早早抵達整頓著秩序。

「你來了？」桑梓彎著眼看著爬上山頭的年輕男子陸亦清。

「有妖要搗亂。」省略打招呼，陸亦清直奔主題。

桑梓點點頭說出自己的看法，「我猜是玄貓。」

「我比對過尾巴，是玄貓。」

露出有點驚訝的表情，桑梓道：「符合你的尾巴……該不會你就是兇手！」

「……我一定第一個殺你。」陸亦清白了好友一眼。

一陣子不見你胡說八道的本事仍張口就來，半點水份都沒有。

「說正經的。」桑梓正了正臉。

「是誰先不正經的！」陸亦清覺得自己沒吃東西就上山頭是一個錯誤的決定，害他現在想吃貓來抑制一下胃疼的感覺。

「大妖們都不在，在附近的大妖就我們兩個，待會多注意現場狀況。」桑梓微微壓低音量，防範任何有可能是兇手的玄貓注意到成妖宴的守備單薄。

「嗯。」點了下頭，陸亦清的目光往一旁腰高的草叢一看，這一看正巧對上了一雙圓溜溜的眼睛。

咻——

那雙眼睛微微瞪大後，就像看到什麼可怕的玩意兒一般，轉眼間又縮回了草叢。

陸亦清：「……」

他今天是犯太歲是嗎？

前有一個桑梓惱人，現在草裡還有一個笨蛋。

「看什麼？」桑梓馬上注意到陸亦清突然一言難盡的表情，就好像吃到蒼蠅一般，想說啥又怕把髒東西吞下去。

「看到不知死活的東西。」

「抓出來？」桑梓揚了揚眉。

「不需要，待會兒直接扔下山。」陸亦清瞪著那塊草叢咬牙。

噫！

「妳幹嘛？」躲在草叢後頭期待成妖宴開始的林莉，不太明白旁邊蹲著的蘇舒好端端為什麼要突然哆嗦一下，「看到認識的朋友？」

「那種分分鐘鐘想殺我祭天的朋友。」蘇舒說得十分認真。

陸亦清早上說他今天有事情不能回保育園區，原來就是要來參加成妖宴，然後加上路上看到的那個屍體……今天怕是要出事。

怪不得他一臉現在就想殺了她，省得待會兒還會分心的模樣。

蘇舒悄咪咪地又往陸亦清的臉上看了一眼，完全確定那妖現在心情很差。

「要開始了。」林莉呼出口氣，全神貫注地看著聚集滿貓妖的山頭動態。

原本還被雲霧遮蓋只露出一圈淡淡月色的月亮，此刻已升到山頭的正頂端，飽滿的月色照亮整個山丘，上頭全是豎著尖耳朵的貓妖。

其中一隻身形像黑豹一般流暢優美，身後有兩條漆黑如墨的尾巴的大玄貓妖，走到舞台的一旁清清嗓開口。

「期許各位妖異都能成為獨當一面的大妖，成妖宴正式開始。」桑梓笑盈盈地看著下頭迫不及待要跨越小妖與大妖門檻的玄貓們。

「喵嗚——」

「喵嗚——」

「喵嗚——」

「喵嗚……」

一聲接著一聲的長鳴都透漏著貓妖們對今日宴席的期待，那聲響響徹整著山頭，讓聽著的所有人都起雞皮疙瘩。

「嘶……」

林莉和蘇舒兩人同時抱住了自己的手臂用力搓了搓，才緩下那渾身顫慄的感覺。

真棒！

兩人對視一眼，在彼此的眼睛中讀到了滿滿的期待。

第一隻通體漆黑只有腳爪處宛如穿了襪子般，有一抹白的貓妖站到了月亮的正下端。

站定後貓妖用力地拱起身子，彷彿快要折斷般整隻貓呈現一個對折的形狀，嘴裡更像是在忍受著什麼酷刑一般發出淒厲的慘嚎聲。

隨著那一聲比一聲還要高的哀鳴，他身上的皮毛像是把一大塊石墨扔入池塘中一般，緩緩地向上暈染慢慢地擴散在身體周圍。

整隻貓都被自己散發出來的黑色籠罩住的時候，空氣宛如凝滯不動就這麼停了下來，靜止的時間莫約過了半分鐘那些黑色快速地融入了貓妖體內。

黑氣消失的同時，一隻體大如豹兩條尾巴如鐮刀般鋒利的玄貓妖就此問世。

「恭喜。」桑梓看著玄貓族群又多了一隻大妖欣慰地點點頭。

「妳不覺得看起來就像是……」第一次瞧見完整妖異成妖的林莉，眼裡滿是閃閃發光的星點。

「像是精靈寶可夢進化一樣。」

只是一個發白光，一個發黑氣。

「……妳還是別說話吧！」林莉被蘇舒的話噎了下。

她剛剛明明是想說魔法來著，怎麼稍微一停頓就變成寶可夢了呢？害她現在看貓妖們哪都不對勁，都想扔扔看寶貝球或是拿出寶可夢圖鑑。

站在離草叢很近的地方，方便隨時看照自家笨同事的陸亦清也將蘇舒的話聽進了耳裡，他瞇眼瞪著草叢後蘇舒的位置，直看得她背脊發寒。

什麼鬼寶可夢，妳這傢伙有毒吧！陸亦清現在不只想吃貓還想加餐吃個人。

「我保證接下來安靜地跟株雜草一樣。」蘇舒十分誠懇地求不殺。

直接被一人一妖警告，蘇舒在接下來兩個貓妖成妖過程，都保持全程凝重的安靜，腦子裡那些亂七八糟的事情就算想到了，也好好憋在了心裡。

「耶？那邊站著的是那天面試的考官吧！你們現在是同事？」

「他也是玄貓？白色頭髮的那個考官呢？是什麼妖異？」

「保育園區還有其他保育員嗎？」

看著那天考核的考官在現場，林莉將所有問題如倒豆子般倒出來，只不過半點反應都沒得到。

「妳怎麼突然這麼安份。」好半晌旁邊的人都沒說話，林莉有些不適應地問了句。

「雜草不會說話。」蘇舒認真地回了句。

林莉：「……」

隨著一陣長嚎聲落下，桑梓恭喜今夜的第三位玄貓順利成妖，讓貓今夜想好好跟朋友嗨一波慶祝後，第四隻看起來稍微有些縮頭縮腦的玄貓才小心翼翼地走了上來。

「準備好了？」難得桑梓問了一句。

小貓妖點點頭後就展開牠的成妖之旅，前三分之二幻化過程都和前些貓妖沒什麼不同，抽筋拔骨般的哀鳴後，接著是渾身散發著黑氣，最後在黑氣重新拼湊的過程中似乎慢上了那麼一點。

看著整個過程的大前輩桑梓和陸亦清同時眉頭一皺，他們抿著嘴全神貫注看著台上的變化。

「還差點……」

桑梓的話才剛落下，原本還在凝聚黑氣讓那些能量順利化為自己所用的過程被硬生生終止，所有的能量一瞬間就消散在空氣中，半點都不剩。

原本就沒什麼自信的貓妖這回更是露出要哭出來一般的表情，垂喪著耳朵和尾巴。

「就差最後一點點，下回成妖宴沒問題的。」桑梓輕聲安撫著貓妖失落的情緒。

就算族群裡有貓面臨失敗，也沒有任何一隻妖發出譏諷的聲音，全都卯足了勁兒希望牠下回再好好嘗試看看。

「多點自信。」陸亦清也走上前拍了拍貓妖的頭，讓他別氣餒。

受到鼓舞的貓妖準備要下台，重新找時間再獲取剩下最後一點不足的惡意，好讓自己順利成妖時，一個低沉的嗓音不合時宜地阻止了牠下台的動作。

「別著急嘛！這不是只差一點點嗎？」十多年前成妖的玄貓林克笑盈盈地出現在舞台上，「反正時間還多，先看看我帶來的禮物。」

桑梓和陸亦清看著突然出現，且明顯不帶好意，整雙眼睛都是銀色的林克瞇了瞇眼。

「鏘鏘！」

林克將爪子舉在半空中，爪子的尖端抓著一隻渾身粉紅色，一雙黑溜溜的大眼睛不停四處張望，短短的雞翅膀無助地拍呀拍，全身除了粉嫩的肌膚外就只有頭頂冒了三根灰色羽毛，其餘半根毛都沒有的雛鳥。

「啾啾啾啾——」小雛鳥發出短促的驚呼聲。

「石燕的幼崽。」在草叢後頭看著的林莉見場面突變都忍不住沉了沉聲。

經過林莉這麼一提醒，蘇舒馬上將稍早看到的石燕屍體，還有前頭貓妖手中的幼崽連接起來。只是她萬萬沒想到，在成妖宴必經路上動手的居然也是玄貓。

「看來是來搞事情的。」林莉凝重歸凝重，但與生俱來的好奇心還是讓她舔舔唇，十分期待接下來事態將會如何演變。

「林克，既然來了就在台下看著如何？」桑梓皮笑肉不笑地抖抖鬍鬚。

「我這不是帶禮物來嗎？」林克將手上的雛鳥又往前舉了舉，「來吧小傢伙，只要你用爪子把小鳥撕開來，那發自靈魂的惡意會讓你在一瞬間就成妖喔！」

「這……」

方才成妖失敗的小貓妖雖然有一瞬間露出了心動的表情，但是牠馬上就注意到站在旁邊面無表情，甚至可以說是表情黑得要滴出水的陸亦清。

早就注意到陸亦清情緒的林克這時故意將小雛鳥向上拋去落下接住，重複幾次的粗暴動作惹得小石燕尖銳地叫著。

「瞧瞧我這不好使的眼睛，這都忘記那兒還站著一個妖異保育員呢！」說著林克手中的動作依然沒有停歇，「我記得你們園區宗旨是……」

「是什麼來著？」林克偏了偏頭，一臉願聞其詳的模樣。

「妖異保育員區的宗旨，保護小妖異，使其能夠順利平安長大。」蘇舒小聲地應著，她的心隨著那光禿禿的小雛鳥每啾一下就跟著揪緊一下。

「啊！想起來了，是保護小妖異沒錯吧！」林克點點頭露出了恍然大悟的表情。

「你想怎麼樣？」陸亦清眼睛死盯著他問著。

「我就想知道如果在你面前殺了這小傢伙，貴為保育員的你管不管呢？」

陸亦清這下完全搞清楚了對方的來意，他們兩妖一直以來都不對盤，這回就讓對方逮住了噁心他一把的機會。

而且偏偏對方也是同族的玄貓……

陸亦清瞇眼看著林克，腦子飛快地思考著眼下的局面該如何處理，才可以將麻煩減到最小。

很滿意陸亦清既為難又憤怒的眼神，林克身後的尾巴歡快地甩著，隨後他輕鬆的語調一轉朝那還愣在台上，不小心捲入兩大前輩糾紛的小貓妖吼道：「殺！給我殺！現在就成妖！」

「林克！」

「不許動！」一雙眼睛早已轉成帶著惡意的銀色，林克見陸亦清往前了一步立刻警告，「你一動手，我就會將你視為玄貓的叛徒。」

聽到這話陸亦清腳下動作一頓，眉頭緊緊皺了起來。

「呿……真沒下限。」顯然也在意著林克話裡意思的桑梓哼了聲。

「要為了貫徹保育員的職責犯規嗎？」林克得意地揚揚眉。

玄貓的族群有一個不成文的規定，可以因為任何理由對其他族群動手，畢竟玄貓要成妖必須吸收惡意，更可以說玄貓本身就是惡意的化身。

但是絕對不可以對同族主動出手，一旦違規且被發現，其他玄貓就可以對該妖發出討伐，違規的貓妖將會遭受整個族群的通緝追殺。

口口聲聲說著陸亦清身為妖異保育員居然不救小妖異，但是當陸亦清有任何動作，他的舉動在林克口中又變成了要背叛玄貓的表徵。

咬准了陸亦清目前為難處，林克也不著急對手中的石燕崽下手，就這麼繼續逗弄著小妖，用挑釁的表情看著進退不得的陸亦清。

「亦清……」桑梓看著陸亦清小聲提議，「不然你動手，然後我慢點追殺你？」

「我謝謝你。」陸亦清沒好氣地睨了說了個廢話的桑梓一眼。

「小朋友，你看前輩們都同意呢！你還不快動手。」林克又將手中的雛妖往裡外不是妖的小玄貓伸去。

小貓妖縮著脖子，目光看著地板飄都不敢亂飄，深怕又招惹更大的麻煩上身。

喵的，他今天一定是祖墳上起火了，有把握的成妖宴失敗就算了，自己還得攪這麼混亂的局面？

「瞧！連妖異保育員都沒說不行。」原本還語氣和緩的林克，突然口氣重了起來，他拔高音量對那垂著頭的貓妖吼道：「你還在等什麼！不想成妖了？」

被突然的一吼，小貓妖頭垂得更低了。

誰來救救牠！林克讓牠很害怕，可是另一頭的陸亦清也不好惹，那隻小石燕都快直接被塞到他嘴裡了！小貓妖慌得都快滴下眼淚來。

像是個情緒極度不穩定的患者，林克突然朗聲道：「你不殺，那我殺！」

他像是要所有在場的妖都看清楚一般，高高地舉起那隻不停撲騰的小石燕，接著嘴巴一張手一鬆，讓小妖順著地心引力落下。

沙沙！

林克聽到旁邊的草叢一陣摩擦聲後，想像中的鮮美肉沒吃到嘴裡，只吃了一嘴空氣。

草叢後頭的林莉直接看傻了眼，就在剛剛蘇舒突然竄了出去，在小雛鳥落在空中的時候一把奪了過來。

她都不知道蘇舒哪來的勇氣從妖口下奪食……

「這白痴。」看清來者和發生的事情後，陸亦清扶了扶額，不過他雖然嘴巴上如此罵著，心裡卻是大大鬆了一口氣。

看了看月光下長得特別清秀的人類少女，再比對一旁好友想一頭撞死的無奈表情，桑梓得出結論。

「你相好？」

「好你大頭！」陸亦清直接氣笑。

哪來這麼厲害的思維發散！

哈哈的笑了幾聲，桑梓感慨道：「長大了啊！」

「跟當初一樣傻不拉嘰的。」陸亦清哼了聲。

桑梓記得十來年前陸亦清有段時間每天都會到人類的城市去一趟，一待就是一整天，偷偷跟上去才發現他是去看一個人類的小女孩。

桑梓當初發現陸亦清居然願意跟自己最討厭的人類有所接觸還挺吃驚的，不過現在看來那女孩挺好。

渾身散發著耀眼的光芒，很適合待在他這陰沉的好友身旁。

「挺好的。」

「你這笑容真噁心。」陸亦清看到好友揚起的唇，不客氣地表達發自內心的想法。

一把搶過小石燕，輕輕摸著那顆光禿禿的鳥頭，不停安撫的蘇舒好半晌才回過神來，發現場面有點詭異。

全場空氣宛如凝固一般沉靜，大夥的眼珠子也都死死地瞪著突然跑上台的不速之客。

「怎麼會有人類？」

當第一個質疑的聲音出來後，場面突然又紛擾了起來，貓妖們紛紛交頭接耳討論著。

「她看得見我們……」

「還是她是妖異化人？」

「不過她身上的光芒真舒服……」

「人類。」林克瞇了瞇眼判斷出來者的正式身分。

將小石燕收好的蘇舒迎上那雙銀色的眸子道：「以妖異保育員的身分，你總沒意見了？」

蘇舒的想法很簡單，陸亦清因為是玄貓的身分被對方吃得死死的，要是有所動作就會被當作叛族，坐視不管又不符合保育員的義務，整個被對方的用詞剋死。

不過自己不一樣，她不屬於任何妖異，真要說這隻貓妖總不可能跟人類開戰，因此保育員的身分使用起來半點問題都沒有。

腦子一熱她就這麼衝了出去，爆發自己的小宇宙搶下差點被當作爭鬥犧牲品的小石燕。

蘇舒想得很簡單，她也因此完全忘記了一件事情……

「一年之中總有幾個人類會迷失在山林間。」林克彎了彎眼繼續說道：「永遠都找不回來。」

蘇舒完全忘記了她在妖異面前脆弱程度，堪比現在被她放在口袋裡的小石燕。

反應過來的時候林克已經壓低了身子，咧開唇露出內裡尖銳的牙，他還不忘警告一旁也微微放低重心的陸亦清。

「你要是出手，就是叛族，叛族！」

陸亦清半點猶豫都沒有，仍然堅定往前走著，甚至直接把蘇舒拉到自己的背後護著。

「哇喔——」桑梓在一旁不合時宜地感慨了聲，甚至還一臉自家小亦清終於開竅的欣慰表情。

「閉嘴。」陸亦清瞪了桑梓一眼，他身後尾巴的虛影啪啪甩在地上，不停發出警示。

「要動手嗎？」林克的兩條尾巴也不停地舞動著。

「我是不是不該……」

看著他們劍拔弩張的氣氛，蘇舒緊張得不知道該如何是好，她甚至出現了自己是不是不該出現在這裡的錯覺。

「妳做得很好。」

「妖異保育員，就該如此。」

陸亦清的嗓音低沉，讓蘇舒不安的心頓時平復下來。

「陸亦清你想清楚，為了一個認識不到幾天的人類值得嗎？」

發現對方軟肋的林克目光仍死瞪在蘇舒身上，只要擋在前方的人稍有分心，他隨時都能在那柔軟的脖子上劃上一爪子。

側頭看了蘇舒一眼，陸亦清答道：「她很好，很值得。」

「哇喔！」桑梓用貓掌豎起了大拇指。

這回陸亦清連「閉嘴」都省了，他直接無視後方一直不停用感嘆詞干擾氣氛的某貓。

他也不知道自己為什麼會這麼護著她，他知道原因不光因為她是保育員的一員，似乎還摻雜著其他模模糊糊的東西。

林克一陣淒厲的長嘯後整隻貓便朝陸亦清撲了過去，陸亦清原本纖長的手指此刻也完全轉換成了尖銳的貓爪。

兩人交鋒的那一刻，一個銀白色的身影擋在了中間。

來著有著一頭及腰的銀白色長髮，白皙的皮膚，黑金色的對襟服飾上頭綁著一個紅色小流蘇，原本都空著手的段長樂今晚手裡還拿著一把鑲著金邊的黑扇。

突然出現在中間的人讓陸亦清硬生生扭轉了攻擊的角度，近乎是擦著段長樂的身側而過，撕開了他的袖口。

陸亦清這一偏離攻擊軌道，原本被護在身後的蘇舒就露了出來，林克攻擊速度半分不減直接將目標改成了那人類。

啪！

段長樂扇子一開，向下一搧發出清脆的聲響，林克的貓掌連著貓被往後搧了一圈。

「什麼事情火氣這麼大？」中途入場的段長樂笑彎了眼。

「妖異保育員，不可以介入妖異間的爭鬥不是嗎？」林克瞇著眼反問。

妖異保育員區在創立的時候當然受到了很多妖異的質疑，以強者為上的妖異們全都十分不理解為什麼會有妖異想要特別來保護這些弱者，又不是什麼慈善機構。

不過同時保育園區會收留落單小妖異的規則也十分吸引大家，因此最後他們協定妖異保育員不干涉妖異間的爭鬥，同時妖異們也不會攻擊妖異保育園區。

咬準了妖異保育員當初和其他妖異的協定，林克接著質說：「妖異保育員永遠保持中立，不參與妖異的紛爭。除非影響到妖界或人界的和平。」

「可是……」林克話鋒一轉，將茅頭指向了突然出現的蘇舒，「這人類身為保育員很明顯介入了我們族內的紛爭。」

「你又當如何呢？段長樂。」

「新來的不懂事。」段長樂一句話便將蘇舒所犯下的錯給輕飄飄地放下。

「好一個新來的不懂規矩。」林克仍然不甘心地應了句。

「要不然你想要和我們妖異保育員打打看嗎？」段長樂斂起了笑容，金色的眸子冷冷盯著林克，彷彿獵食者盯住獵物一般。

學著林克剛剛的話術，段長樂直接將林克從玄貓中剝離出來，讓他要打就得一挑二。一個是難纏的陸亦清，一個是更加難纏的段長樂，原本就秉持著噁心人一把就滿足的林克馬上衡量出利弊。

他原本高高聳立的貓耳突然柔軟地放平，接著笑著招呼台上和台下。

「嘖嘖，瞧你們一個個齜牙咧嘴的做什麼？不過是開個玩笑而已。」林克是真不要臉，他立刻擺出笑臉自然地道：「要是你們新來的菜鳥喜歡那隻笨鳥，那就送給她當作入職禮也罷。」

「咱們貓族和蛇族那都是有交情的，哪能動不動就喊打喊殺。」

「來！成妖宴繼續。」林克說完後朝旁邊招了招手，「小弟們，上酒！」

一旁追隨林克的貓妖立刻抬出一甕甕散發出令貓沉醉的木天寮香氣的酒，所有貓妖一聞便舒服地瞇起了眼。

就連原本殺氣騰騰的陸亦清，那兩條貓尾巴都不住地輕輕擺動。

蘇舒直接被林克如此騷的操作震驚了一把，她偷偷地看向陸亦清和段長樂。

「私底下再收拾他。」陸亦清哼了聲將這事直接揭過。

「沒事，妖異的小打小鬧。繼續參加成妖宴吧！」段長樂笑咪咪接過了酒水，彷彿剛剛什麼事情都沒發生一般，一轉頭又能和林克聊個幾句。

原本劍拔弩張的氣氛在三大妖這番操作下直接消散，場面又重新熱絡起來。似乎在他們眼中剛剛的事情就只是妖異間的日常小玩笑罷了！

「恭喜蘇舒成為妖異保育員。」林克帶領著自家小的率先敬了蘇舒一杯。

「小妹妹！好啊！」小弟們紛紛吆喝。

被突然驟變的畫風搞得一愣愣的蘇舒，只能不好意思抓抓頭，「還要請你們多多指教。」

在草叢看著的林莉也一把被桑梓揪了出來，乖巧地站在有她身高如此高的貓妖旁。

「有時候真搞不懂，為什麼就選了她。」林莉小小聲地吐露真心話。

其實她今天約蘇舒一同參加成妖宴也有著自己的私心，她就想看看自己哪兒比不上這高中生。

看到現在她還是不太懂，蘇舒不就是衝上去抓了一隻鳥然後等著被拯救嗎？

如果是她的話，說不定不會變得如此狼狽，從小練體能的她對自己的武力值還是有一點自信的。

將人類少女的話聽進耳裡的桑梓，側頭端詳了她一眼問道：「小姑娘什麼名字？」

「林莉。雙木林，草頭利。」

想了一下，桑梓用著比較好理解的話道：「林莉妹妹，妳可能看不見，不過在我們妖異眼裡，蘇舒她無時無刻都散發著純粹的善意，像小太陽一般照耀著所有妖。」

「而妳也不是說沒有善意，只是妳的善意不純粹，夾雜了好奇甚至忌妒。或許在看著成妖宴的時候，妳有那麼一瞬間是希望亦清和林克能打起來。」

聽到桑梓這麼說，林莉完全明白自己和蘇舒究竟差在哪。從這一刻起，她身上原本還保有的忌妒已消失殆盡。

「果然我還差得遠呢！」林莉看著不停被貓敬酒的蘇舒感慨。

「妳別學她，她就是傻。」被強塞了一大杯木天寮酒的陸亦清雙頰微紅說道：「一頭熱什麼後果都沒考慮。」

「我倒覺得你和她兩人挺相配的。」桑梓回了陸亦清一句，直說的對方不友善地瞇起了眼。

向來也喜歡熱鬧的林莉這回和桑梓站到了同一陣線，她看著在月光下那俊美的段長樂，還有笑出酒窩的蘇舒感慨，「不過要動手就要快呢！那裡有一個大情敵。」

「小姑娘懂挺多呢！」桑梓這拇指朝林莉豎起，「不過人類壽命太短，不小心一眨眼就老了。亦清，把握時間啊！」

「花開堪折直須折，莫待無花空折枝。」顯然也受氣氛影響的林莉，順勢就往陸亦清的肩上拍拍兩下。

「唉喲！小姑娘這話說得真有學問。」

「都是玄貓前輩教的好。」

瞥了這一搭一唱的兩傢伙一眼，陸亦清沒好氣地擠出了兩個字，「閉嘴！」

成妖宴持續了一整個晚上，所有的貓妖無論有否成妖成功，全都被木天寮的香氣給醉得渾身輕飄飄，直到清晨還搖搖晃晃分不著南北。

回到保育園區的蘇舒頭一次露出了深沉的表情，被林克威脅和攻擊的時候都沒見她如此嚴肅過。只因她看見有一隻擬山羌正期待地坐在保育園區的門口，口水流淌滿地，還隱約可以聽到吸口水的吸溜聲頻頻響起。

「紅豆餅！」墨紜看到歸家的三人開心地蹦起。

不過沒過多久牠就看到了一臉沉痛的蘇舒，還有她空著的雙手。

蘇舒把墨紜要吃熱騰騰的紅豆餅這事給忘了。

「墨紜，你聽我說……」

「我不聽！妳這個騙子！」

「我要咬妳！」

第六章　鹿化鯊，鯊化鹿

嘩啦嘩啦——

山崖邊不停有白色的浪花打上來，海浪撞擊在山壁上碎成無數雪白的泡沫，其中還有一條人高的大魚跳了上來，在光禿禿的山坡上扭動著。

那條大魚有著適合游泳的高度流線造型，渾身充滿盾鱗，體側兩邊有如裂縫般五到七個鰓裂，尖銳的鋸齒狀牙齒密密麻麻排滿在嘴裡。

那條不知道是故意跳上岸找不開心，還是不小心被海給揮上來的大魚，難受地發出咕咕咕的聲響，尾鰭不停用力拍打在地板碎岩石上。

就蘇舒淺見，那是一條鯊魚。

「我帶了人手來幫忙。」段長樂笑著和站在山崖邊的兩位年輕男子說道。

「我是鹿子續。」一名有著小麥健康膚色，臉上有著梅花白斑的男子對段長樂拱拱手。

「鯊颩。」另一名皮膚白皙，頭髮帶著淡淡的淺藍色，笑出一口鋸齒狀牙齒的男子也打著招呼，「妳就是新來的人類保育員對吧！長得挺可愛。」

「我是蘇舒，請多指教。」蘇舒笑出了兩個酒窩。

「許多孩子都是第一次幫忙，請給他們說明一下。」段長樂說道。

鹿子續和鯊風兩人點點頭後，由鹿子續開口：「我的部分只有長樂還有陸亦清跟方嶺有辦法勝任。不然不小心讓小鹿妖跌到海裡上不來，欒子就大了。」

「其餘小妖還有小姑娘的部分，就請鯊兄示範給你們看。」

「我們的工作就是這樣——」

被點名的鯊風咧齒一笑後，就見他舉著那條依然撲騰著的鯊魚尾巴，狠狠地往海上一甩，讓那條擱淺的鯊魚重新回歸大海。

蘇舒偷偷朝段長樂的地方靠近幾步，小聲問著：「我們今天是特別來幫助海洋動物？」

失笑了聲，段長樂道：「鹿妖族和鯊妖族會在今天成妖。」

「算是一種種族的交流活動。」鹿子續笑吟吟地接著說：「為了避免高估自己的小鹿妖不小心跳入海裡淹死，或是小鯊妖擱淺乾死，所以需要大家的幫忙。」

不久後，像是飛魚一般躍出水面的鯊魚一條接著一條往岸上跳著，落地前若是無法成功成妖變為鹿妖，便需要有人將其再度送回海中。

「去吧！」墨紘用力地用頭頂著一頭成妖失敗的鯊妖，讓其沿著山崖滾動，使圓滾的身軀回到海中。

蘇舒總覺得這樣推下去，腦子可能會撞出個好歹來。

她看著不停沿路碰撞小石子，嘴裡唉呦唉呦喊著的鯊妖，忍不住關心起牠們不停四處磕碰的小魚腦。

「別擔心。」鯊風一眼就看出蘇舒的擔憂，「牠們很壯的！再說牠們這些小鯊妖本來就不怎麼用腦思考，摔了也沒事。」

有您這樣當族群大前輩的嗎？

不擔心的原因居然是因為平常本來就用不著……

聽著鯊妖前輩不擔心，蘇舒抽了抽嘴角。

「給他們一點教訓，別隨便就想衝上岸成妖也好。」鯊風談笑間又是左右手一條鯊妖甩回海中。

如果要蘇舒給今天活動下一個簡單明瞭的解釋，那這活動大概類似一種淨灘，只是平常淨灘撿的是垃圾，這回撿的是成妖失敗的小妖異。

跳上岸的鯊妖大概每十五到二十個會有一個順利成妖，化為鹿妖。

有一尾渾身深藍的鯊妖高高的自海面飛越到半空，他在落地前瀟灑地空翻了圈，一落地變成了一頭渾身咖啡色，頭上有著鹿角，舌頭舔拭處還出現一塊塊白色梅花斑的鹿妖。

「多謝前輩。」順利成妖的妖異頭朝鯊風低了低，並且也向一旁的鹿子續鞠躬見禮。

梅花鹿？蘇舒下意識想到一種台灣特有種。

只不過按照她的經驗，大部分妖異發現自己被拿來跟一般動物比較都會跟她急，因此她這回沒有說出口，就靜靜地看著一頭鯊魚變成梅花鹿的傳奇畫面。

「早了點。」

段長樂那頭也有著少數幾頭，身形看起來比一般梅花鹿要高大上許多，嘴裡還有長獠牙的鹿妖從樹叢間跑出。

「不行。」方嶺也順手攔下了隻準備要一鼓作氣跳下海的鹿妖。

鹿妖能成功被放行的比率差不多和鯊妖相似，也就大抵零點五趴的機率。

「可以，妳試試。」鹿子續點頭之際，他放行一頭身形較為嬌小的鹿妖。

那鹿妖後退幾步，深吸一口氣後，朝著大海方向奔跑，接近崖邊時一個優雅的飛躍，並且在空中完成了成妖過程。

鹿妖變成的鯊妖有著形似鯊魚的外型，只不過鯊魚的頭上會有著小角，看起來減少了鯊魚的銳氣多了點萌感。

順利成妖的妖異頭一鑽便往海洋的深處游去，準備好好探索這蔚藍的領域。

鹿化鯊和鯊化鹿的過程一直持續到了下午四點接近傍晚的時候，這回挑戰上岸的鯊妖共計四十三位，順利成妖者四位；挑戰下水的鹿妖共計四十七位，順利成妖者五位。

「今天謝謝各位的協助。」鹿子續拱拱手和鯊風說完後續的話，便帶著成妖的鯊化鹿們往樹林間走去。

「謝啦！改日請你們喝酒，特釀鹽酒，保證醉。」鯊風擺擺手便往海裡一跳，站在岸邊隱約可見他的身後跟著五個頂著小角的鯊妖。

「那是什麼？」已經興奮一整天，眼皮子都快拉聳起來的墨紜，看著遠處天空隱約出現的紅點問著。

「那是天燈。」蘇舒看著遠方冉冉升空的紅點道：「要一起去看看嗎？」

對於要不要一起出門玩之類的詞敏感異常的墨紜，馬上開心地蹦起，要不是有人攔著估計會直接從山崖跳下去。

「機會難得，帶著保育園區大夥一起去？」蘇舒將詢問的目光看向保育園區的大前輩們。

「雖然離元宵還有一大段時間，不過難得郊遊一下也不錯。」段長樂輕笑道：「小傢伙們幾年前就在嚷嚷了。」

「挺久沒放。」方嶺看著遠處，唇上帶著淡淡的笑。

「找個安靜的地方。」陸亦清也點頭頷首同意將大夥都帶上。

平溪天燈是台灣最負盛名的活動，關於這燈有著各種說法。

「天燈又稱孔明燈。」帶著保育園區的小妖異待在靜僻的山頭上，段長樂開口，「沒記錯的話起源於三國時代，用以傳遞軍情，因為天燈外觀像諸葛亮的帽子，故以得稱。」

「祈福燈。」方嶺也說著自己所知的傳聞，說著這段話的他眼裡帶著化不開的笑意，「她說……咳！」

聽到她說這兩個字，段長樂和陸亦清瞥了方嶺一眼，兩人同時捕捉到方嶺眼中，那除了笑意外一閃而過的傷感。

像是不小心說錯話一般，方嶺輕咳了聲道：「大約在清朝道光年間，福建移民將天燈傳入台北平溪。」

「台灣入冬後常有飢民起盜心，因而有盜匪出沒，居民只能往山區躲避。等盜匪離開後，便放天燈互相報平安，因此天燈又稱平安燈或是祈福燈。」

方嶺記得那女孩是這麼指著天空一盞盞紅燈對他如此說著的，那年大寒，紅通通的暖燈仍無法驅散任何一絲的寒意。

天還降下冰冷如雪的大雨，村邊還有一條大江瀕臨潰堤……

「方嶺、方嶺！方嶺？」

「嗯？」方嶺直到有一隻手拍上自己的肩膀才回過神。

蘇舒看著方嶺遠眺空中出了神，這才想到一群人站在這兒乾看著，天燈也不會突然出現在手裡。

轉頭看向陸亦清，那人一臉麻煩地瞇起眼，一臉只要有人敢點他去買燈，他就咬人的模樣。

段長樂正一手一個將快要打起來的墨紜，還有通體漆黑外型極似台灣犬的犬妖分開，要是他不在，陸亦清估計為了圖方便會一妖一腳踹下山了事。

蘇舒的目光只好飄向了一臉嫻靜正在想著事情，但表情卻有點凝重的方嶺。

「方嶺。」蘇舒又喊了聲。

連喊了幾聲人都沒反應，直到她拍拍那人的肩膀。

方嶺看著眼前紮著馬尾，眼睛圓潤靈動的蘇舒，一瞬間她的臉和記憶中那張總是笑著的臉重合，讓他不自覺又出了神。

「小桃……」

「方嶺？」蘇舒不太明白一瞬間的時間而已，眼前的方嶺怎麼又走神了呢？

看得出來對方狀況不在線的蘇舒，求救地看向陸亦清，只收到那貓冷淡一瞪，望向段長樂，他那頭還在對墨紜還有黑犬訓話，顯然也抽不開身。

正打算自己上下山多走幾趟，應該可以把一兩個天燈搬上山的蘇舒才走出一步，方嶺這才猛地一回神揉揉眉間，將思緒從以前拔開。

「抱歉。」方嶺歉意一笑，「妳跟我說什麼？」

「一起去買天燈，放一個試試。」蘇舒笑彎了眼，「他們會很高興的。」

「好。」

入夜後，各式各樣的小販擠滿了平溪街道，除了攜家帶眷外出的熙攘遊客外，小販也大聲地吆喝著，一條街上充斥著各式各樣的味道。

一手扯著方嶺微涼的手，蘇舒敏捷地穿梭人群中尋找最主要的目標。

看著穿著白衣黑褲滿臉笑靨的蘇舒，方嶺看得出神，不知不覺他又將眼前的女孩看成了那孩子。

她們都有著一樣天真的臉龐，還有渾身上下散發出那種純粹的清爽。

方嶺感受著手裡柔軟的像一用力就會弄碎的溫暖手，輕輕地握了握。

「怎麼了？」蘇舒側了側頭。

「沒什麼。」

反握住那手，方嶺帶著蘇舒用更快的速度穿過人群，向不停推銷，還有稱讚他們倆如何登對的老闆買了兩個空白的燈。

「方嶺，你等我一下。」蘇舒喊了聲後，人一鑽又消失在了人群中，不一會兒出現後她手裡拿著一根糖葫蘆。

「給你。」蘇舒將天燈接了過來，然後笑咪咪地提醒，「趕緊吃不要被其他人發現。」

「尤其是墨紜，不然他一定會吵我一整天。」

蘇舒剛剛在走前頭，發現手被輕輕握了幾下後，頭一抬便看見方嶺看著一旁的糖葫蘆攤販愣神。問他怎麼了又只顧著把她往前拉，趁著剛剛找著機會買了一根給他。

真是的，想吃就說，用得著一直看著出神嗎？

「吃吧！很甜的。」

在蘇舒期待的眼神下，方嶺咬下一顆冰糖葫蘆。

酥脆的外衣喀擦一聲，露出裡頭包裹著淌流汁水的水果。

好甜……

「啊！方嶺你吃什麼？」一上山墨紜那貪吃鬼馬上就衝到方嶺面前抽動著鼻子。

「小孩。」方嶺想都沒想的隨便扯。

「草莓味的？」墨紜一臉不相信。

原本還在糾結小孩吃起來是不是真的是草莓味的墨紜，轉眼間就被蘇舒手裡的天燈給吸引住。

「這個東西要怎麼飛上去？」

「這東西能飛上去？好厲害！」

「紅紅的是要放火燒嗎？」

小妖異們圍著還沒敞開的天燈一妖一句讚嘆著。

「天燈底部有一個開口，用燃燒來加熱空氣，受熱後體積變大密度變小……」

段長樂指著天燈介紹，聽到後頭在所有人耳裡只剩下巴拉巴拉無限輪迴，看了眼周遭一群聽傻的妖異和蘇舒，他簡單下了結論，「總之，天燈能飛很厲害。」

「真不愧是天燈。」

「好厲害！」

「就讓我來點火吧！」只聽懂燃燒兩個字的墨紜，迫不及待就想一把火燒給它飛。

「等等！你們是不是忘記什麼了？」蘇舒亮出幾支大號的黑筆，「要把願望寫上去，這樣就會實現喔！」

「那我、我要成妖！」

「好，玄風要成妖。」蘇舒替制風龜寫上成妖的願望。

「我也要成妖！」

「我也是！」

「我要化人，一定要化人。」黑犬看著蘇舒，晶亮的眼裡十分認真。

「黑犬化人。」拍拍黑犬的頭，蘇舒替他寫下願望，還讓他在願望下頭蓋了一個爪印。

一個接著一個，小妖異們的願望不外乎兩個——成妖或是化人。

小妖異輪過一輪後，蘇舒總覺得好像少了什麼東西，仔細思考了一會兒她才發現，還有一個總是要衝第一的小搗蛋鬼還沒許願。

墨紜站在不原處，小小的臉很是糾結地皺在一起，似乎在思考要許什麼願望。

是在糾結要成妖還是化人嗎？

蘇舒也不著急，拿著筆靜靜等他決定未來的方向。

終於墨紜的臉舒張開來，他開心地噠噠噠走到天燈前，仰著臉對蘇舒道。

「我要吃很多好吃的。」說著墨紜彷彿能想像那些山珍海味般，還吸了口口水。骨氣呢！

筆差點沒拿穩的蘇舒，還是替墨紜寫上了要吃很多好吃的願望，還在墨紜的要求下寫在了天燈正中間，所有人都能一眼瞧見他這宏願的位置。

啪搭。

墨紜一蹄子蓋在了最後方，以示證明這是他的願望。

蓋完腳印的牠一臉認真道：「未來的某一天這裡就會是手掌印。」

「你可以做到的。」蘇舒揉揉墨紜的小腦袋瓜真心祝福。

「換我們。」

蘇舒招呼著段長樂等人，一人發了一支筆輪流想著要許的願望。

深吸口氣，蘇舒用著最虔誠的心寫著，「希望能撐過三個月。」

陸亦清看到後忍不住問：「你是得了絕症還是怎麼樣？」

「因為之前的每個工作都做不到三個月，店家要嘛……就被開除了。」不好意思地抓抓頭，蘇舒乾笑了幾聲。

要嘛倒店不然就是發生意外不能開店……

想了會兒，蘇舒還是沒把前幾個老闆的悲慘經歷說出口，省得待會兒陸亦清會在天燈上寫下，希望那個人類保育員得絕症之類的願望。

排在第二個的段長樂瀟灑地在天燈上，寫下一大串沒人也沒妖看得懂，如蟲爬般的文字。

「這是什麼？」蘇舒橫著看、豎著看、倒著看，就是看不出任何端倪。

那文字曲曲繞繞像美麗的圖騰一般，看著那字畫可以感受到段長樂滿載的心意，但是半點都無法解讀。

段長樂輕輕一笑後道：「希望世界和平。」

「……呵呵。」陸亦清的臉上寫滿著不相信。

接過筆，陸亦清想了會兒，學著段長樂寫下一大段讓人摸不著頭緒，如同圖騰般華美的圖案。

「寫了什麼？」段長樂揚揚眉。

饒是他什麼都會也沒看出這段文字寫的是什麼內容，他還在猜說不定是陸亦清剛才才想出來的字畫。

眨眨眼，陸亦清學著他說：「希望世界和平。」

「……」蘇舒虛了虛眼，完全不相信笑得一臉言不由心的兩人會真的希望世界和平。得！不想說就不說吧！

反正天燈上許願也就應個景，沒有人真把實現願望當真。

「方嶺呢？」蘇舒將筆拿給了今天時常走神，不知道在想些什麼的方嶺。

想都沒想，方嶺一臉認真地拿著筆，認真地寫著另外一段蟲爬字，只不過這段文字不比段長樂和陸亦清的繁複，相當簡短。

他的筆力深深印在天燈皮上，留下最深的墨印。

有了前兩個前車之鑑，蘇舒這回沒有找虐的去問方嶺寫了些什麼。

將天燈豎起，下頭點上火焰，熱氣將天燈撐起後大夥輕輕鬆開手，任由兩個滿載心願的天燈緩緩升空。

一個寫滿了小妖異對於未來的願景，另一個乘載了四位妖異保育員對於日後的期許。

兩盞通紅的天燈升上高空，加入了遠處如星點般遍布夜空的星火，照亮整個平溪的黑夜，讓所有人的心都隨這些飽含心願的燈冉冉升空。

「墨紜的燈飛得比較高！」眼珠子死命瞪著天燈，深怕它突然消失的墨紜開心地喊著。

「你又分的出來哪個……還真的特別惹眼。」陸亦清正想慣例潑墨紜冷水的時候，他頭一抬便看見有一個寫著「要吃很多好吃的」天燈果然特別醒目。

那字不僅寫得特別粗還特別大，在所有字跡糊成一片的天燈中尤為顯眼。

喀擦！

舉起手機，陸亦清直接替那燈抓拍了一張。

「我要傳給你哥看。」陸亦清說完馬上給遠在大學忙著的墨山發了一張天燈照。

墨山：「不用說，我知道一定是我弟弟。」

啪擦一聲，正黏著社團道具的墨山一個手勁沒控制好，直接捏斷了一根棍子。

別的小妖異都知道要許希望自己能夠成妖或是化人的願望，就他弟弟寫了這種彰顯自己就是個笨蛋吃貨的心願……

字還特別大特別黑呢！下頭更印了蹄子。

看著手機的照片，墨山頓時又好氣又好笑，他快速給陸亦清回覆。

墨山：「你讓他這輩子就當一隻山羌吧！」

陸亦清：「完美轉達。」

陸亦清將手機一轉，讓墨紜看看他哥哥跟他說了什麼，看了半晌墨紜馬上大聲嚷嚷。

「他才是笨蛋山羌！我討厭他……不對，我不討厭他，可是他還是山羌！」

吵鬧完，墨紜眼巴巴地看著陸亦清，「你許了什麼願望？」

「我希望你們都不會後悔做出任何決定。」陸亦清說得十分順口，還伸手挨個將湊在他眼前聽願望的小妖異們摸了個遍。

思考了半晌，墨紜的小腦袋瓜仍無法理解那一串很難懂的話，「什麼意思？」

「世界和平的意思。」說謊臉不紅氣不喘的陸亦清打發著。

「噢，很厲害的意思。」墨紜也有了自己獨門的見解。

看著打鬧在一起的陸亦清還有墨紜，再加上一旁想要勸架，卻莫名其妙又被捲入其中的其他小妖異，蘇舒好像明白了為什麼自己以前運勢總是這麼差勁。

或許是為了遇上大家，把所有的好運都用完了呢！

「我希望大家最後都能找到屬於自己的歸屬。」看著遠方點點紅光段長樂輕聲道。

「那你找到了嗎？」蘇舒下意識地問了句。

「找到了。」段長樂看著蘇舒笑彎眼，「這裡就是我的家。」

笑了下，蘇舒跟著應和：「這裡也是我的家！」

「不問問我寫了什麼願望嗎？」站在一旁的方嶺開口。

「你寫了什麼願望？」

「世界……」

「停！」蘇舒打斷方嶺後頭要說的話，如果真的又是世界和平，那還真的不用特別說出口。世界和平聽起來就像是生日願望一樣，專門講出來要敷衍大家的啊……

像是「我的第一個生日願望希望大家健康快樂，第二個願望希望大家天天開心，第三個願望不告訴大家」。

這套路她熟得很，每年給別人慶生都要面臨一次。

「說笑的。」方嶺笑了聲，他看著遠處那已分不清楚哪個天燈是哪個的遠景道：「我希望能找到她，不論花上多長的時間。」

第七章　誦一曲鳳求凰

「長樂，你們知道方嶺要找的她是指誰嗎？」

週末的早上，所有妖異都外出散步的時候，蘇舒小聲的趁方嶺不在時，問著上回放天燈她就有點在意的問題。

方嶺那時候說他無論花上多少時間都會找到她，不是要報仇要不就是很重要的一個人。

而且那時候方嶺的笑容有些壓抑，那一閃而逝的哀傷一直被蘇舒記住且壓在心頭。

不問不快樂的那種！

「方嶺啊……」段長樂輕點了自己的下巴想了下後說：「妖異終其一生只會愛上一人。」

聽到方嶺這麼說，蘇舒不由自主地深吸口氣。

如果說方嶺愛上的是妖異，那麼雙方的壽命只要不出現突發狀況，理當能和和美美幾百年不是問題。

但如果是人類……

想到方嶺愛上的可能是個人類，蘇舒立刻被自己的這個想法刺激得一陣胃疼。

妖異愛上人類，她覺得只能用一個字結論，沒別的就是「虐」。

漫長的妖生一直都等著那個人類，可惜佳人不在，只能一妖空守。

「方嶺他愛上了一個人類。」陸亦清直接將蘇舒的猜想化為現實。

「嘶——」蘇舒胃疼地抽了口氣。

在蘇舒一臉雖疼但願聞其詳的表情下，段長樂開始說起了那段發生在幾百年前的故事。

一條綿長的河流環繞著一座綠意盎然的青山，山腳處有個小村落，要辦天大的喜事般，全村的人幾乎都聚集在村莊郊外的一個小三合院前。

大紅色的轎子停在院前，準備送新娘子的隊伍無不身穿大紅色，每個人都笑容滿面嘴裡說著吉祥話，除了新娘之外。

身穿正紅色的嫁衣，婚服上繡著最為精美華貴的金繡，臉上畫著精緻的妝容，可理當要滿臉喜色的小臉上卻壟罩著一片死氣。

「快上轎吧！別誤了時辰。」為首的男子不住催促著步伐愈發緩慢的新娘。

今日可是山神娶親的大好日子，再這樣磨磨蹭蹭的錯過時辰，導致山神發怒作物無法豐收這該怎麼辦才好！

男子對一旁的壯丁使了使眼色，便上來兩個大漢直接將新娘半拉半扯地送上紅轎子，轎門為了防止裡頭的少女脫逃還特別上了鎖。

「白養你這麼多年，該知足。」男子冷聲對著裡頭害怕地拍打叫門的少女道。

「時辰到！起轎！」

吆喝下打鼓鞭炮聲響徹村莊，一行人熱熱鬧鬧地將新娘往深山裡送。

遠處的枝頭上一頭淺金色的短髮，上頭挑染著一點藍一點紅還有一點橘，這麼多顏色混雜不但不顯雜亂反而格外的和諧，有著白皙膚色的方嶺，靠在樹幹上看著下頭熱鬧的隊伍咋舌。

「又要便宜白虎那老傢伙。」

迂腐的人類，說什麼送年輕漂亮的女孩上山能夠讓穀物豐收，有時間整這些ㄠ蛾子還不如好好精進自己的耕種技術。

白送女孩上山，讓白虎那老傢伙時不時就有年輕女孩玩，現在人口多到都煩惱起院子不夠放。以往方嶺看到還會偷偷將哭得一把鼻涕一把眼淚的女孩放掉，但是沒隔幾年那群人類又會再送幾個上去，久了想著反正到白虎那也不會被欺負，說不定生活水平還能提上一提，便由著他們來。

半天後像是沒事人一般的整組人馬下了山，只不過這回那頂紅轎子早已不復存在。

望著村莊重新升起的裊裊炊煙，方嶺任由斑斕的小鳥停留在他肩上，他輕輕哼著。

「有美人兮，見之不忘。一日不見兮，思之如狂。鳳飛翱翔兮，四海求凰……」

悠揚的曲調伴著他的柔聲隨著風被吹向更遠的地方，繚繞整個山谷。

那日熱鬧的山神娶親，果真如方嶺所料白虎那口子平白又多出了一位美人，他去探望的時候正巧看見白虎還在輕聲的哄著人兒。

「妳如果不喜歡隨時可以下山。」化人後樣貌生得極好，身高挺拔渾身腱子肉的白虎妖安撫著不安的新娘子。

「真的嗎……」剛被送上山還在擔心會不會被山妖大姥姥吃掉的少女仍面露驚懼。

「妹妹不怕，他不會對我們怎麼樣。」跟著白虎一起出來的女子彎下身露出笑容，「要不要先跟姐姐回家吃好睡好呢？一切等醒來後再做決定。」

「到時候看妳要留要走，都不會有人攔妳。」女子牽著女孩往白虎特別給她們開闢的院子走去。

「琥珀好福氣。」坐在樹上的方嶺笑盈盈地打趣。

「我都快頭痛死了，再過幾年我的院子可真放不下。」白虎妖琥珀頭疼地嘆口氣。

沒事就給他整個女孩上山做啥？

放著不管讓人自生自滅又不符他的風格，搞得他現在整日面對一院子的鶯鶯燕燕，齊人之福倒是沒享到，這麼多人同時對他講上一句話都能炸耳膜。

更別說如果院子不小心跑進野獸啊、蟲子啊……那尖叫聲堪稱驚天動地，不用等他出手那音炮就夠闖入者吃一壺的。

「啾啾啾——」一隻金黃色的小鳥出現在方嶺的肩頭，方嶺聽了聽後跳下樹梢，往村莊的方向走去。

「去哪呢？」白虎隨意地問了句。

「去看看你未來的媳婦兒標緻不標緻。」方嶺笑咪咪地回著。

白虎：「……」

他還是早些日子搬到別座山頭好了，至少再有人上山的話可以眼不見為淨，不然再這麼下去，下一個百年院子鐵定得炸。

坐在村落郊區外頭那顆大桃樹上，方嶺偏著頭看著留著山羊鬍的村長，對一個小女孩笑容滿面地說著自己有多麼善良。

「從今天起這個大院子就是妳的家。」

「不要客氣，要什麼儘管說。村長叔叔還有村裡頭的大家都會幫妳。」

不就是為了以後要獻祭給某個不知名的神，現在好好地把妳養著，以全自己的愧疚之心。

方嶺看著下頭獨自被留在一個大院子，身穿洗得發白還不合身的衣裳，白淨的小臉蛋還有些不知所措的女孩冷笑了聲。

連個大人都不給她留下，跑得像是見了瘟神還是死人一般，一個小女孩要活過這冬天怕都很難。

食材給她送了她會煮嗎？

第一次看到年紀這麼小的小孩被選作下一回的神明新娘，方嶺特別多看了一陣子。

緩過勁，稍微了解自己現在處境的女孩吃力地抱起一大簍子蔬菜朝著灶房走去。

「真的會做飯？只會燒廚房吧……」

方嶺看著那連菜籃都快搬不動的女孩皺眉。

果不其然，女孩才剛進去沒多久，廚房的位置便升起了濃濃的黑煙。

「……還真的燒起來了」方領遙遙頭嘆氣。

「咳咳咳！」女孩急急忙忙地從滿是黑煙的廚房跑出來，咳得整張小臉泛紅，渾身被煙熏得黑漆一片。

縱使那黑煙直竄天際，村莊那頭除了多幾人朝這方向張望外，沒有任何一人願意往這邊靠近，更別說伸出援手。

幾日過去，飯不會做，菜不會燒的女孩肉眼可見地消瘦下去。

「唉……」

就當作心血來潮的日行一善，吁了口氣，方嶺隨手拋了一顆通紅的果子到她腳前。

女孩撿起後大口地咬下，甜蜜的汁水頓時充滿整個口腔，好吃得讓她瞇起了眼。

她朝方嶺所在的樹上大喊：「我是小桃。」

小桃嗎？宜家宜室，倒是個好名字

想著尋常人類從那角度也瞧不見自己，方嶺沒有多做理睬，繼續靠著樹數著藍天上的白雲清閒度日。

接連幾天只要走到院子的草皮石子路上，小桃總能撿到幾顆水嫩多汁的水果，每天的花樣還不帶重複的。

不過樹上那男子絲毫要搭理她的意思都沒有。

是住在了樹上嗎？小桃偏頭看著靠坐在樹梢上那身形修長的男子猜測。

最近方嶺的生活跟以往無所事事地度日有了些許的變化，他多了個有意思的消遣。

方嶺看著下頭撿著水果的小孩兒他覺得還挺有趣的，尤其是扔著水果東丟一個西丟一個讓她跑去撿的時候。

琥珀山裡的梨子最近好像熟了，明天就丟梨子吧！隨手又拋出了顆紅果子，方嶺打著友人果園的主意。

沙沙沙——

還在想著要給小女孩摘梨子的方嶺神遊到一半，突然被身前樹叢的樹葉摩擦聲響給喚回。

樹枝好一波大震盪後，叢間中探出頭的是一個有著圓滾滾大眼睛，笑起來有著酒窩，齊肩短髮上還沾著泥土和枝葉的女孩。

方嶺：「……」

是猴子妖化人嗎？

這麼高是怎麼上來的，也不怕摔死。

「我是小桃，你還沒說你叫什麼名字。」小桃嘿嘿地一笑，笑出八顆大牙。

身子一翻，方嶺直接跳下樹，轉眼便消失在小桃眼前。

第二日小桃又再度上樹，這回方嶺終於看清楚這女孩是如何上樹的，她笨手笨腳的模樣還好幾度滑了滑，讓方嶺差點都忍不住要伸手去揪住她。

「你叫什麼名字？」爬上來後小桃又問了同樣的問題。

方嶺的回應仍然是旋身下樹，身手麻利地消失。

再隔日方嶺仍然看著女孩奮力地想要爬到跟他相同的位置，只是這時方嶺還沒發現他挑的位置相較於昨天已經低上許多。

這次小桃看著眼前面無表情的方嶺張張嘴沒有發出聲音，在方嶺的揚眉下她恍然大悟地「噢」了好大一聲。

「噢……對不起，你不會說話對吧？」

「沒關係，你可以聽我說。」小桃笑咪咪地接著說：「還是要小桃教你說話？」

「……方嶺。」方嶺好半晌吐出自己的名字，他怕再安靜下去自己會被這傢伙氣得胃疼。

「你的聲音真好聽！」小桃快速地又湊進了幾步，瞬間拉近她跟方嶺的距離。

小桃的大眼睛閃閃發光地看著方嶺，「長得也好看！」

很久沒被這麼直白的誇獎，方嶺頓時不知道該如何反應才好，劃過心尖的微癢讓他再度選擇逃避。

出了山林化作七彩的婆娑鳥，心頭突然的悸動還讓他無法忘懷，偏了偏頭想不出原因的方嶺直接找上了琥珀。

「琥珀，你覺得我好看嗎？」

「……」

看著從天而降的好友，劈頭就是問他自己好看不，琥珀抬頭望了望天。

嗯！天還亮著，他不是在作夢，對方也醒著沒在夢遊。

「剛剛你媳婦兒說我好看。」

現在最頭疼一堆媳婦放不下的琥珀，聽到那字眼腦袋就一陣疼，他沒好氣罵著。

「你腦子被門夾了？」

「所以我長得好看，聲音好聽嗎？」方嶺仍在糾結這問題。

見對方不得到回答不罷休，琥珀回答得像一個莫得感情的機器人，「好看。」

聽著那兩個字，方嶺眉頭輕輕一皺，轉身就走。

臥槽？現在是怎樣，讓他誇完然後就走？現在年輕妖都這麼玩的嗎？

方嶺絲毫不在乎現在一臉我是誰我在哪，剛剛我誇了人那人還不理我，獨自在風中惆悵的琥珀。

方嶺現在想著的是，琥珀誇他他心頭半點感覺都沒有……剛才那異樣果然是這幾天枝上站太久，風吹多要著涼了。

之後的每一個隔天，方嶺幾乎都會和小桃說上一兩句話，偶爾那姑娘還會把自己好不容易找到的小零食當獻寶一樣分享給他。

小桃手裡捧著滿滿一把深紫色的桑葚，爬樹時還不小心擠破幾顆，那汁液將她整個手掌都染成了紫紅色。

她挑挑選選，從裡頭選了一個最完整最大看起來最美味的桑葚，將果子直接湊到了方嶺嘴前。

「吃吧！很甜的。」

看著小桃閃亮亮的眼睛，方領銜著果子一口咬下。

好甜……

「好吃嗎？」

看著小桃笑得彎彎的眼睛，方嶺覺得自己風又吹多了。

怕自己真的感冒，到時候被琥珀嘲笑，方嶺改掉了站在樹上看著小桃爬的習慣，這幾日他都直接站在院子裡看著只有自己腰高的女孩忙東忙西。

其實方嶺想不明白這院子就這麼大，也沒別的事情可以做，不知道她整天都在忙什麼，總是看著她東奔西跑四處亂鑽亂竄的只差沒上天。

不僅時常有想像不到的禮物，小桃還常換著花招給他帶來驚喜，雖然每次給他的往往都是驚嚇居多。

像是前天他收到了一隻說是兔子的團塊布，昨天拿到了一幅畫著不知道什麼東西的藝術畫作。

小桃拿這些東西給他的時候清澈的眼睛閃閃發光，讓他只能每一樣都點評兩句然後收下。

「這丸子縫得不錯。」

「這是兔子！」

瞅了眼那補丁似的布團，方嶺理智地不做任何爭論，妳說什麼就是什麼吧！

「這隻猴子畫得不錯。」方嶺委婉地點評了畫作。

「我畫的是你……」

說完小桃還委屈地看了方嶺一眼。

方嶺：「……」

而今天要給他帶來驚喜的地方是廚房嗎？

闊別兩週小桃看著曾經被她燒過幾次的廚房，握握自己的小拳頭，深吸口氣轉頭對方嶺交代著。

「我去做好吃的給你吃。想吃什麼？」

她這副一去可能就回不來的模樣讓方嶺越看越心驚，眼皮子不受控制地跳著。

在這兩年身高緩緩超過自己腰際的女孩進去廚房送死前，方嶺一把按住她的肩頭。

「想吃什麼，我來。」

化人多年沒少受琥珀那愛碎嘴的傢伙薰陶，方嶺對於做菜還是有著自己一套本事，因此他更不能眼睜睜看著這小孩進去燒家。

在廚房外的小桃探著頭看方嶺熟練地燒柴升火，青菜仔細地揀好清洗乾淨，放在砧板上唰唰唰切著，每一段蔬菜都是一樣的寬度。

「有什麼我能幫忙的嗎？」

看著廚房中正手持菜刀，在菜板上以一種平穩到讓人安心的速率切著菜的方嶺，小桃將她的頭伸進廚房問著。

手中的動作依然規律的沒停，方嶺頭也沒回地吩咐：「打三顆蛋到碗裡。」

「行！」

捲著袖子，小桃拿出了蛋和櫥櫃上的碗。

將蛋敲在白色流理台上，敲出道裂痕後，用手指從中間把蛋分開，讓透明夾著黃球的蛋液散置碗中……伴隨著幾片蛋殼。

看著碗中那白色的堅硬物質，小桃思考半晌後伸出了手指。

原本方嶺想著打個蛋應該不會有什麼婁子好給她捅，不過後頭異常的安靜讓他轉過頭確認。

一回過頭他便看到小桃很認真地將手指往打著蛋的碗裡伸。

「妳在幹嘛？」方嶺側頭虛了虛眼。

「裡面有蛋殼。」小桃的手指仍緩緩伸進碗中。

「用湯匙。」方嶺掃了一眼後，繼續手中的動作。

順利地將蛋殼撈出後，小桃拿起了另一顆蛋……

喀啦！

伴隨著聲音，碗裡再次散布著白色蛋殼。

這一次方嶺整個頭都轉了過來，深深地嘆了口氣。

「第三顆蛋我會成功的！」拿著湯匙挑蛋殼的小桃保證。

結果最後方嶺蒸出來的蛋每一口都富含礦物質，吃起來有著咖茲咖茲的口感，打蛋負責人小桃不好意思地都快要將頭整個埋到碗裡。

「沒事的。」方嶺不介意地吃著飯，「剛開始都這樣。」

「真的嗎？」小桃從碗裡將頭稍微抬起，露出一雙大眼睛。

「真的。」方嶺給小桃夾了一筷子肉，讓她多吃點不然渾身骨頭看著都磕人。

「方嶺，你炒得真……真好吃！」小桃吃得兩頰鼓鼓的，眼睛都幸福地瞇成了一直線，「方嶺我喜歡你，很喜歡。你是第一個做飯給我吃的人！」

說完話的小桃看著方嶺突然摸了摸自己的心口，偏了下頭問：「不舒服嗎？」

「風吹多了。」將那劃過心頭的微癢拋諸腦後，方嶺又給小桃的碗夾滿菜，稍微堵住那張沒停過的嘴。

接下來的每一天餐桌上有著肉、脆嫩的炒青菜、清燉的熱湯，還有一道吃起來咔滋作響的蒸蛋。

小桃依舊還是老愛把蛋殼打進去，吃了整整一年多的蛋殼蒸蛋，方嶺覺得自己都快忘記真正的蒸蛋該是什麼味道。

真是半點長進都沒有……

方嶺輕輕地嘆息，這時他還沒發現自己看向小桃的目光都帶著笑意，總使對方依然笨拙得沒限度也一樣。

轉眼間九年過去，原本小不啦嘰手短腳短，臉上還有著嬰兒肥，說話有點奶聲奶氣的小女孩，像是灌氣球一般快速長開。

修長的身段，小巧白皙的臉，原本齊肩的短髮也留成了及腰的瀑布黑髮，唯一不變的是那雙依然清澈圓潤的大眼睛。

將女孩長成少女的成長看在眼裡的方嶺，這天下午對著在院子口撥弄花草的小桃問。

「妳為什麼不逃？」

這麼多年來這村子的陋習半點都沒改變，應該也多少聽說被養在這裡的人代表著什麼意思。

小桃聽了後手邊的動作頓了頓，她搖搖頭道：「我不能逃。」

「家裡除了我還有一個妹妹，村長說如果我不願意他就要找妹妹來替我。」

「我如果乖乖聽話，他便會好好照顧妹妹，供給她讀書的機會。」

小桃說完後眼珠子一轉，仰頭看著方嶺彎彎眼道：「而且我逃走了，就見不到你了啊！」

拍拍稍微沾到泥的裙擺，小桃湊到方嶺的面前看著他那張波瀾不驚的臉笑道：「難得方嶺會問我的事情，該不會喜歡上我了？」

「做夢。」方嶺哼了一聲後轉過頭。

只不過頭一轉他眉頭輕輕地皺起，他不太能理解為什麼剛剛，聽到小桃說她不願意逃走時有點生氣，但又聽到她惡作劇地說是因為自己才留下來，又感到有點高興。

方嶺覺得自己遇上這傢伙後，每一天都覺得自己好像要感冒，症狀一天比一天還要嚴重。

「可惜了，我挺喜歡方嶺呢！」被直接拒絕的小桃聳聳肩，她咧齒嘿嘿一笑後認真地對方嶺說：「不過你千萬不能喜歡上我，妖異喜歡人類很辛苦。」

其實認識方嶺後不久，小桃就注意到晚上總會站在枝頭上偷偷看她睡得好不好，那隻七彩斑斕的大鳥就是方嶺。

要是她翻來覆去睡不著，那大鳥還會輕聲地哼著溫柔的歌。

不過小桃知道這事情要是問出來，方嶺的臉皮子這麼薄肯定不會承認，說不準以後還都不唱了呢！

「我希望你能找到另一個能與你長相攜手的妖異。」小桃笑吟吟地說。

「想多了，我不可能喜歡妳。」方嶺淡淡地瞧著笑得燦爛無比的小桃。

「那就好。」

和妖異漫長的壽命相比，人類的壽命何其短暫，妖異愛上人類太辛苦了……她不想要方嶺難受，所以她獨自一人喜歡著他就好。

「今晚我來做飯！」甩甩頭將複雜的心情甩出腦袋，小桃快步跑向廚房，後頭跟著急忙想要阻止的方嶺。

方嶺覺得眼前這姑娘的狀態有點奇怪，她總是睜著閃亮亮的眼睛盯著自己瞧，原本被看著也沒什麼，但是自從那回她說她喜歡他，還讓自己別喜歡她之後，一切就好像有點不同。

像現在她嘴裡吃著飯，眼睛又在打量自己，好似他是其中一道配菜能下飯一樣。

「看什麼？」

「看我們家方嶺這麼好看。」

得！無法溝通。

不過被她說長得好看的感覺還挺好的……方嶺默默多扒了兩口飯。

「我明年就滿十六歲，會被嫁給誰？」小桃擱了碗，問著這些年她一直沒敢問出口的問題。

「一個老不死的妖怪。」說著好友壞話，方嶺表示半點壓力都沒有。

「這樣我就放心了。」

有什麼好放心的？他剛剛有哪一個字眼是在誇獎琥珀那傢伙嗎？

「因為感覺那人跟方嶺是好朋友，這樣表示以後我還是能常見到方嶺。」

看著小桃的笑臉，方嶺想到眼前的女孩只要年滿十六歲就隨時有可能穿上新娘衣，嫁給那滿院子女人的琥珀，心情頓時不美麗了起來。

心情不好的問題無法解決，但是他可以解決製造問題的妖。

「琥珀。」

「又什麼事情了？」琥珀一臉無奈看著突然冒出來的方嶺。

今天腦子又哪裡抽風卡殼了？

這傢伙這幾年來動不動就會突然跑來問他一些很怪的問題，像是自己長得好看嗎？聲音好聽嗎？煮的菜好吃嗎？

還要求他要一個一個回答，說得他都覺得方嶺是特別來扳彎自己的。

要不然一個大男妖三天兩頭就問另一個男妖自己好不好看做啥？長得好看也不能吃啊！

「她說她喜歡我。」方嶺看著一臉眼神死的琥珀開口。

「這不是挺好嗎？」琥珀隨口敷衍著。

「明年她就滿十六歲了。」

「我會好好照顧……」琥珀一句話還沒說完察覺氣氛不太對勁，他趕緊闔上嘴，看向眉頭突然皺起來的方嶺，「你不會是喜歡上她了？」

原本琥珀只是想像平常打趣那般隨口扯兩句，沒想到平常嘴巴子一點都不輸誰的方嶺突然靜了下來，仔細一瞧他的耳根居然有一點泛紅。

不會吧……

他真的喜歡上那女孩了？被自己的想法震驚到，琥珀追問。

「你對那姑娘……」

「她是小桃。」方嶺更正琥珀總姑娘姑娘的喊法。

改口後越發覺得事情開始跟他驚為天人的想法一樣的琥珀咳了聲問：「你對小桃是怎麼想？」

找了塊石頭靠著坐下，方嶺仔細剖析他對小桃的想法。

「看到她笑的時候我覺得很高興，有事情要外出幾天看不到她的時候覺得挺心煩，她拉著我嘰嘰喳喳講個沒完的時候也不會覺得麻煩。」

「小桃看著我的時候會覺得臉有些熱，心裡癢癢的……就跟輕微感冒一樣。」

最後方嶺看著琥珀說出他今天找上他的最主要原因，「知道小桃以後要嫁給你，老實說我十分不爽。」

「你喜歡上她了。」琥珀直接替方嶺結論。

什麼叫做跟輕微感冒一樣？

見不到人就覺得心煩，見到人就覺得心情爽朗，聽到對方的聲音無論說什麼垃圾話都感覺能一直聽下去，這不是喜歡是什麼？

他總覺得這傢伙這幾年來，怕是都覺得自己是站在枝頭上風吹多著涼……

「方嶺，我還是要勸一句……」琥珀看到方嶺突然摀住自己下半臉，然後臉慢慢變紅，於是將後頭的話吞了下去。

他本來要說不要愛上人類，不過看自家好友這個樣子，說什麼都晚了。

沒救了。

被琥珀直接點破，方嶺仔細思考這才發現自己好像真的喜歡上小桃，喜歡她那總是清澈無雜質的眼睛，喜歡她叫著自己的名字，喜歡她咧齒沒形象的大笑，喜歡……

方嶺揉揉臉依然無法揉散那臉頰發熱的感覺，對上琥珀那不知道還在自我解析個什麼勁兒，一臉複雜的臉，他輕聲重述。

「我喜歡上她了。」

「沒事。」不看好人類和妖異這組合的琥珀，這時候也只能拍拍兄弟的肩表示支持。

「不過你要想清楚，人類壽命很短暫，一眨眼就會消失。」琥珀最終苦笑地如此告誡。

就算是他收了滿院子的女人，他也清楚自己的心早在多年前就全給了她。

不過奈何先是人妖殊途，緊接著便是妖鬼殊途，從那刻開始琥珀的心就空了一大塊，他不希望兄弟跟他一樣。

啪啪！拍了兩下自己的臉，將自己從回憶中拔出，琥珀認真的給第一次遇見這種情況，還總當自己感冒生病的好友認真解析後面的道路。

「方嶺，你說小桃不願意逃走，那麼按照傳統來看，有大概率一樣會被送上山，作為山神的新娘祈求豐收。」

「要是這倒好處理，我簽收後由你帶走。之後要怎麼處理自己的感情，就是你的事情，作為兄弟我只能奉勸一句，她是人類你是妖。」

如果像往年一般送上山，這倒是好處理，就怕事情不像他們預料的那樣。

「就怕有變故。」方嶺看著天空突然密布起來的陰雲眯了眯眼。

「這就是我要說的。」

滴答滴答滴答——

毛毛的細雨不停自空中灑落，天空也上蓋了層厚布般，陰沉得化不開，就算還是白日，村子那頭甚至都點上了燈。

琥珀抬頭看了看天空道：「雲龍和赤虯今年要遷徙。」

雲龍和赤虯為台灣特有的妖異，通常單獨行動，兩者過境時皆會帶起大量的風雨，具有呼風喚雨的能力。

其中任一妖異移動移走皆有可能造成水患，更別說兩者同時遷徙。

眉頭一皺，方嶺旋身便往雲龍和赤虯的暫居走去，他想去交涉詢問他們遷徙可否挑別的日子。

最終的交涉結果，失敗。

方嶺沒能說動他們，只能默默祈禱那村長別要搞出其他祈求止雨的行徑，至少別在小桃是當屆神之新娘的時候。

日子依然一天天地過，方嶺對小桃依舊是那副不鹹不淡的態度，不過只有他自己知道越隨著相處，他越放不下這總是笑得無憂無慮的女孩。

天下暴雨持續了兩週，如冰般刺冷的雨不停落下，村子前那條溪河逐漸攔不住越發洶湧的水量即將潰堤。

「村長！」村民聚集在村長的房門前要求村長下決定。

「村長，再這麼下去，村子一定會被淹沒。」

「給河神獻上新娘，一定能平息洪水。」

「可是……」村長仍有點猶豫，畢竟住在偏院的那姑娘可是要用來獻給山神祈求年年豐收的。

這幾年的作物開始歉收，原本準備今年將她獻給山神。

如果這時候先獻給河神當新娘的話，山神那邊怕是不好處理。

「可是山神那邊……」

在村長還有些猶豫的時候，下頭村民的一席話讓他下定了決心。

村民說道：「山神還可以找其他人頂著，不過要是水淹上來村子就沒了！」

「是啊！要是河神的怒火不先平息，哪裡輪的到作物豐收。」

「山神可以獻上別的女孩，要是洪水暴漲淹過村子，可就什麼都沒有了。」

村民的這一席話，讓村長聯想到，要是什麼都沒有了，那他這幾年兢兢業業為兒子打下的財富，不就會一夕之間化為烏有。

這個河神新娘必須盡早獻出去！

「三日後婚禮。」

村長下定決心後，立刻將婚禮那天所需要用上的嫁衣送到了偏院，大紅色的婚裝被小桃整齊地掛在屋內。

她站在嫁衣前嘆了口氣，也該等到這日了。

將村長離去前說要將她嫁給河神，來平息洪水的說法聽得一清二楚，小桃知道她這回不是嫁給山神這麼輕鬆。

嫁給河神的傳聞有一二，其中最為核心便是……

獻祭後祭品若浮便是河神不滿意這個新娘，需要換一個人，而妹妹如今暫居村長家，用腳趾頭想就知道被換的人會是誰。

但新娘若順利沉水，則能治洪。

夜裡小桃看著豔紅色的嫁衣，正想著要是再多一點時間該有多好的時候，方嶺面色凝重地闖了進來。

「方嶺？」

「跟我走！」

嫁給什麼鬼河神，那玩意兒壓根就不存在，天會下暴雨除了夏秋節氣使然外，就是雲龍和赤虯偏要選這幾天一同遷徙。

只要躲過這幾天，自然就能止水。

方嶺在聽到那臭村長居然要把小桃嫁給河神後，便急忙找人，一入房間那艷紅的嫁衣更是刺得他雙眼發紅。

「躲過這幾天，雲龍和赤虯走了就沒事了。」方嶺拉著人就想往外走。

只是沒想到方嶺反而被小桃扯住，小桃對他輕輕搖搖頭。

「方嶺，不行喔！」

小桃拉著面容有些慌張的方嶺到床邊坐下，「我不能逃。」

這是她第一次看見方嶺如此手足無措的模樣，平時他總是一副胸有成竹老神在在的樣子，這次卻為了她失了方寸。

雖然有些不合時宜，但是小桃仍感覺心口被暖暖地充滿。

「可是這分明就是妖異惹出來的，把妳獻給河神一點意義都沒有。」方嶺仍無法明白為什麼小桃不願意和自己走。

「如果我逃了，那我的妹妹就會被獻給河神。」

「可是妳……」方嶺的聲音有些顫抖，他完全無法想像找不到她的日子有多麼令人煩躁，光想到就覺得吸入的空氣冷得刺肺。

「妳一定會死。」

「我當初就該死了，可是遇見了你讓我繼續活下來。」

要不是當初有他時不時給自己送一點現成的乾貨，她早該餓死在這處。

要不是村長將她送來這裡，她也不會遇見方嶺。

「我希望妹妹能夠順利地離開這村子，去看看外面那廣闊的世界，自由自在地行遍千山萬水。」

「那妳呢……」方嶺抿著唇問。

「我已經得到我的全世界。」小桃淺淺地展眉一笑。

認識你，我就已經遇見了我的全世界，因為你讓我覺得縱使生命短暫，仍能毫無遺憾地死去。

小桃輕輕的用手捧住了方嶺的臉，將自己的額頭碰上他有些冰涼的額頭，輕聲道。

「人類死後有輪迴轉世的說法，如果是方嶺一定能再把我找回來。」

在方嶺闖進來不顧一切想要將她帶走的時候，小桃看著他的眼神中那只有自己的倒影便明白，方嶺已經喜歡上了她。

「就讓我們相戀最後三天。」

三天後伴隨著周遭霹哩啪啦的刺耳鞭炮聲，大紅色的轎子一晃一晃地開始行進。雙簧傳出的聲音在寧靜的早晨格外尖銳刺耳……

「河神娶親，河神娶親，河神娶親，河神——」

那日除了村民吆喝吶喊聲外，所有人都聽見了一種淒美婉轉的曲調環繞整個山谷。

「有美人兮，見之不忘。一日不見兮，思之如狂。鳳飛翱翔兮，四海求凰。無奈佳人兮，不在東牆。張琴代語兮，聊寫微腸。何時見許兮，為我徬徨。願言配德兮，攜手相將。」

「……不能于飛兮，使我淪亡。」語末，段長樂輕輕說著他最常聽見方嶺哼的曲子。

聽完故事後，蘇舒確認地問：「那個人現在是什麼狀況？」

「死了。」陸亦清用詞十分直接。

「畢竟都是百年前的事情，人類怎麼說都不可能會活著。」段長樂無奈地搖搖頭。

「不過相識十年，卻只能相戀三天。」蘇舒又喃喃唸道。

真是慘絕人寰的進度線……

頓時在場三人同時有了同樣的感悟。

三人說到一半的時候，當事人突然從樓上走了下來，插進了話題。

「討論什麼？」方嶺看著聚在一塊低聲討論著什麼的蘇舒等人，偏了下頭。

偷講別人八卦的時候最怕發生什麼事情？理當就是最怕當事人突然出現，蘇舒此刻就面臨這種最怕空氣突然安靜的局面。

不過陸亦清像是個沒事人一般開口：「在說你當初和那個人類姑娘發生了什麼事情。」

「陸亦清！」蘇舒喊了一聲試圖阻止。

這種像是巨大傷疤的事情，是能直接挖開來瞧瞧的嗎？

不過蘇舒顯然多在意了，方嶺像個局外人般拉開椅子坐下後說：「好奇的話可以直接問我。」

「可以嗎？」

雖然剛剛試圖阻止陸亦清開口，但蘇舒的八卦魂仍然精神抖擻地在線。

「我記得那是發生在我剛化人不久的時候。」方嶺微微仰了仰頭看著天花板彷彿陷入沉思，半晌，他繼續說：「以前的人類有著陋習，凡事不順遂總想著用幾個人祭天，以為就能一切順利平安。」

「我認識的女孩從乞丐家被選出來作為祭品，十六歲那年為了平息夏季的洪水獻給了河神。」

在場的三人都聽得十分認真，全都靜靜地等方嶺換口氣後繼續往下說。

殊不知方嶺就這樣和其他人大眼瞪小眼了起來，沒有所謂的後續。

「沒了？」陸亦清揚眉。

「沒了。」方嶺乾脆地表示故事結束。

聽過段長樂版本的蘇舒總感覺方嶺的版本中間好像省略了很多東西，一種故事剛開始就直接結束的感覺，不過她抓住了那短短一句話的重點，「發生在夏天的大雨……」

她記得台灣在夏季也常因為西南氣流引發大豪雨，有時候也能夠把水淹到腿高，山坡走山。

這種大雨常常稱為……

「颱風。」方嶺吐出那個現代人看起來理所當然的氣候。

突然認知到因為颱風，自己喜歡的女孩被獻給了河神是多麼扎心的事情，蘇舒感到渾身都疼得抽了口氣後，小心翼翼地避開了那女孩問：「那村子最後呢？」

「雲龍和赤虯也趕在那節骨眼遷徙，所以河岸潰堤，大洪水把全部的東西都淹過去。」

「半點都不剩，只剩下滿地淤泥。」方嶺平淡地說著最疼的話。

全都是咎由自取，河水要漲上來不想著怎麼遷村，就想著要讓誰去填河神的房。

陸亦清抓了抓頭，瞥向段長樂道：「你不是挺擅長卜卦之類的，沒給方嶺算算看？」

「算過了。」方嶺呼出一口氣。

「故人會歸。」段長樂說出當時的結果。

在方嶺認識段長樂後，就曾經巴著人給他算上一卦，得到的結果就是這麼四個字。

故人會歸……

原本還瞧著窗外想事情，一時間無法將自己從情緒中拔出來的方嶺，突然感覺到手背被一隻溫暖的手輕拍。

蘇舒輕輕地拍拍方嶺的手背，看著現在神情難過得讓人想抱抱他的方嶺，她彎彎眼道：「人類死後有輪迴轉世的說法，如果是方嶺一定能再把她找回來。」

人類死後有輪迴轉世的說法，如果是方嶺你一定能再把我找回來。

那一瞬間方嶺發現眼前這笑彎眼的女孩和她說出相同的話，兩人的面孔有一瞬間也微微地疊合。

不過也僅失神了一剎那，方嶺便清醒過來，心頭一暖，他輕笑道：「承妳吉言，這次我不會再放她輕易離開。」

妖異終其妖生只會愛上一人，除非能遇到那佳人再度轉世續緣。

第八章　送石燕歸族

台灣像是突然被關進冰庫一般，氣溫驟降，從室外到室內眼鏡都能起上一層白霧，在室外張嘴呼吸更像是蒸汽火車般能吐出長長的雲霧。

緊了緊脖子上的圍巾，蘇舒一張嘴便是一口白霧，一旁的墨紜看到了馬上吐出了更大一團霧氣。

「比妳大。」墨紜驕傲地抬起胸膛。

蘇舒：「……」

我才不和你比這種東西！

揉揉墨紜的小腦袋瓜，激起牠後續一連串不要把我當寵物、咬死妳等等應激反應，蘇舒頓時覺得她又能夠心情爽朗地去面對寒假前的最後一天上學日。

如同以往一整年走著相同的上學道路，和熟悉的早餐店阿姨叔叔打招呼，如同以往蘇舒看到一條藍灰色的圍巾快速從自己眼前飛走……那厚重的圍巾是怎麼自己飛起來的？

藍灰色的針織圍巾就像是被超能力控制一般，不停被拉扯著往前走，轉眼就消失在牆方的轉角。

那一閃而逝的時間中，蘇舒看見圍巾的最前端有著一隻通體雪白的鳥，那隻鳥就這麼扯著保暖的圍巾揮翅狂飛。

「把我的圍巾還我！」一個約莫國小三四年級的小女生揹著書包在後頭追趕著。

還有另一人追在小女孩的後頭，林莉三兩步便輕鬆超越跑得艱辛但速度不快的女孩，她對著還在搞清楚狀況，跟分析圍巾前頭那是鳥是妖的蘇舒喊道：「攔住牠！」

被聲音一喊，蘇舒立刻快步的往前跑著，然後靠著牆就這麼翻了上去，先是上牆再瀟灑地翻身下牆，迅速拉近她和鳥妖的距離。

人高的牆被她翻得像是只有腰高，下頭還有凳子踩般輕而易舉。

在後頭追著的林莉差點沒看傻了眼……一大清早就嗑藥了？

這幾個月來時常被陸亦清他們放山跑，蘇舒的身體能力在不知不覺中得到了極大程度的開發，各種翻躍跑跳等動作熟門熟路，不一會兒甚至速度快到已經攔在了鳥妖前頭。

估算好鳥妖的速度和距離，原本在牆上快速走跑著的蘇舒直接跳下牆，正巧就堵在鳥妖前頭，讓來不及煞車的白色小鳥撞她滿懷。

一人一妖就這麼滾倒在地上，蘇舒將試圖逃跑的小鳥妖抓在手裡，抹了把臉上的灰嘿嘿一笑。

「抓到你了。」

還了圍巾，蘇舒抓著啾啾啾叫個不停的小鳥妖，耳提面命警告牠下次別頑皮後，便將鳥妖原地放飛。

「下次可別搗蛋。」林莉也跟著無奈嘆氣，然後她看向剛剛跑得跟極限運動選手一般瀟灑，現在卻跌得滿身灰的蘇舒稱讚：「這幾個月練得不錯。」

「都是為了活下去。」不然被陸亦清他們那三個下手沒個輕重的人逮到，可痛了！

可以詳細了解一下你們妖異保育員都在做些什麼嗎？林莉一時間拿不準她當初究竟是應徵了什麼工作，只能萬幸自己沒被挑上。

跑了一陣路，身體熱起來的蘇舒拉鬆圍巾對上了林莉的臉。

「你的臉？」蘇舒用手指比畫著自己嘴角的位置。

林莉的嘴角有著一大塊黑青，仔細一看她的身體周遭也有不少擦傷，就好像不久前才和人互毆過一樣。

「最近有人鬧事。」

聽到林莉用詞是人不是妖，蘇舒眉頭輕輕地皺了皺。

「他們在找蛇郎君的鱗片，因此所有能和妖異接觸的人都可能成為目標。」林莉提醒著也和妖異接觸頻繁的蘇舒。

她就是夜路走多了這會兒在解決小妖異的小雜事時，不小心被那群自稱為蛇郎君親家的傢伙堵住。

寡不敵眾，落了一身傷，被他們確認身上確實沒有蛇郎君的蛇鱗才放過。

「嘖。」想著，林莉仍覺得不解氣用力嗤了聲。

下次找一群妖異把場子搶回來！

「總之妳多注意一點，遇上直嚷嚷自己是親家的人記得先狠狠打他們一拳，然後跑。」說著林莉還用力揮了揮自己的拳頭。

蘇舒聽著這段話感到溫馨的同時，總感覺好像有著那麼一點私心混了進去。

「不然就賴在保育園區內，他們爪子還沒長到能夠伸的過去。」林莉繼續叮嚀著一點都不讓她省心的蘇舒。

「對了，蛇郎君的蛇……」

蘇舒問到一半的時候，這才發現拍拍她肩膀又重複提醒讓她注意安全和狠狠打一拳才准跑的林莉早就走遠，讓她只能自己思考那蛇鱗到底是什麼東西。

「蘇舒，妳在想什麼？」徐寧寧問著一整天上課都心不在焉的蘇舒。

「蛇鱗。」蘇舒總是老實回答。

「吃的？」徐寧寧嘗試對上好友的腦波。

「可能很好吃。」蘇舒也不太敢肯定，不過如果不是很好吃為什麼有人要搶。

好吧！徐寧寧是真的不懂好友在想些什麼，要對上蘇舒的腦電波真的好難，她盡全力努力過了。

跳開蛇鱗的問題，徐寧寧想了會兒後輕聲地問著：「蘇舒妳今年過年也一個人過嗎？」

高中的寒假一放假，隔週便馬上迎來過年。

而徐寧寧知道蘇舒的父母早逝，都寄住在親戚家，以往常聽她說過年親戚都會安排全家旅遊，只是那個全家不包含她……

現在搬出來住，讓親戚連找藉口疏離她都直接省下來了。

「過年嘛……」

蘇舒想了想每年的過年除了可以睡到自然醒之外，就是親戚家都不會有半個人在家特別的安靜，所以也沒想著要特別如何過節。

看到蘇舒思考中的表情，徐寧寧馬上開口邀請：「還是今年妳要來我家一起過？我們計畫要去外島旅行。」

徐寧寧幾天前就和家裡人說過這件事情，她覺得她的家人肯定也會喜歡蘇舒的。

「寧寧父母親難得回國，玩得開心。」搖搖頭，蘇舒婉拒了好友的好意。

大過年就該全家人一起好好過，有她這個外人在伯父伯母可能也會有點尷尬，更不用說她這總是禍及他人的獨特運勢。

何況徐寧寧的父母一整年幾乎都不在家裡，難得過年就該一家子好好黏在一起才對。

「我就不當這個大燈泡。」蘇舒笑咪咪地拍拍徐寧寧的肩。

黑色柔軟的短髮整齊梳攏，長相斯文臉上掛著眼鏡的語文老師許鹿，在講台上講著寒假前的最後一堂課。

「寒假期間，各位同學注意安全，不要到危險的地方遊玩。」

「預祝各位新年快樂。」彎著眼講完後，許鹿老師便收拾好課本離開教室，留下開始歡呼準備迎接假期的同學們。

下課鐘聲一響，徐寧寧讓蘇舒有任何狀況就給她傳訊息後，便坐上父母親的車，去過上為期一個月的寒假。

攏了攏脖子上的圍巾，走在越發寒冷的傍晚街頭，呼出白氣的蘇舒準備找扇門去保育園區的時候，正巧和許鹿老師走在同一條路上。

和年輕溫柔的老師並肩，走在照映照著夕陽的路上，天氣雖然寒冷但仍擱不住從彼此身上傳來的暖意，這如夢似畫的場景和氛圍是所有女同學嚮往的一幕。

除了蘇舒……

她不時偷偷瞧著老師，那不似人類但又說不出來差在哪裡的違和感讓她有些在意。

她當初到底是從哪裡發現他不是人類是妖異呢？

「在想什麼？」外皮人類內裡是頭鹿的許鹿笑道。

「想著老師是哪裡讓我覺得你不像人類的。」蘇舒誠實地坦白。

手指抵著下巴，許鹿也跟著思考起來，半晌他答道：「可能是氣質？妖異就算化人，但還是會有些和人類不太一樣的氣質。畢竟我們都是至少從妖百年，才開始學著當一個人類，並且融入你們。」

老師不愧就是老師，面對問題不疾不徐地試著解決。蘇舒對許鹿老師的景仰又更上了一層樓，她轉頭瞧著老師在陽光灑落下特別仙氣的側顏。

要是陸亦清面對這問題肯定會翻她白眼，讓她別問這麼多麻煩的問題，不然就嫌麻煩直接敷衍她三個字不知道。

「工作如何呢？」許鹿問著。

「近期他們有想讓我獨立作業的意思，還在努力。」

這幾次跟在段長樂他們屁股後頭看著，他們也逐漸有了讓她獨自去完成保育員工作的意思，奈何還沒找到恰當的時機點，也仍不太放心。

「你身上的氣息仍然乾淨，繼續保持本心。」

聽著老師這應該是讚美的意思，蘇舒不太好意思地抓抓頭笑著。

「不過這幾日來，有人類在鬧事，似乎是因為妖界的事情，妳要多注意安全。」許鹿說出了和林莉相差無幾的話。

「嗯。」

「你們保育園區的……我記得是段長樂應該會出面解決，倒不用妳太操心。」段長樂？

蘇舒不太明白為什麼這事情會牽扯到段長樂身上。

不過這回在她問出口之前，前方的一個身影讓她先開口喊著：「墨山！」染著金棕色短髮，穿著輕便服裝的墨紘親哥墨山正在前方揮著手。

「前輩你好。」墨山恭敬地對許鹿彎腰敬禮，禮數十分周全。

「火譽族的小輩？」

許鹿一眼就認出墨山出自於哪族，這技能讓蘇舒看了有些羨慕。

要是她也能一眼就看出對方是哪族的妖異，就不會老被陸亦清拍頭或威脅要踢下山谷。要知道她可是個連斑龜和巴西龜都分不清楚的人類，更別說要區分文龜、制風龜和一般龜的差距。

實在是太難了……

「我是墨山，正巧要去保育園區接弟弟。」墨山簡單交代來意。

「那我就把蘇舒交給你。」這一句是許鹿轉身往方才走來路的反方向走時對墨山說的，下一句話是他側過頭笑著對蘇舒說：「寒假小心安全，開學見。」

「前輩慢走！」墨山揮了揮手。

蘇舒這時才注意到老師或許只是為了安全送她一段路才往這個方向走來，她看到老師在寒風中單薄的穿著，幾步追了上去解下自己的圍巾嘿咻一下直接套在了老師脖子上。

「老師新年快樂。」蘇舒將圍巾拉好後笑咪咪地說。

愣了下，老師收下了這份溫暖的新年禮物，他伸出手輕輕點在蘇舒的額頭上，留下一個只有他才看得見的白色印記。

「新年快樂，這是白鹿的祝福。」

許鹿老師走遠後，墨山問著：「你們平時都這樣互撩的嗎？」

一個替人圍圍巾還綁了漂亮的圍巾結，另一個伸手輕輕點在額頭上說這是他給予的祝福，兩人氣氛曖昧得讓周圍人都臉紅啊！

「撩什麼？」蘇舒不太能理解地偏下頭，隨後她鄭重地表示：「鹿和人是沒有未來的，而且鄭重拒絕師生戀。」

墨山：「……」

現在的重點是人妖戀還是師生戀嗎？墨山一時間也開始懷疑是不是他抓錯了重點。

「哥哥你來了！」墨紜在園區門口看到墨山立刻開心地蹦過去，尾巴還甩呀甩的，「我好想你。」

「這陣子承蒙照顧，寒假後我再把墨紜送來。」墨山對於弟弟的示愛冷漠以待。

他知道自家弟弟絕對不可能只是單純想他。

墨紜用閃亮亮的眼珠子看著墨山，兩前腳扒著墨山的褲管開口：「我們去吃點好吃的吧！珍珠奶茶、麵線、肉圓、發糕！」

墨山：「……唉。」

看吧！就知道這傢伙動機不單純，都點起餐來了。

目送兄弟倆走遠後，蘇舒回到屋子內，屁股還沒坐熱就看見段長樂將三份委託書放在了桌上。

方嶺指著其中一份開口：「玉山的五色鳳近期準備產子，我去看一下動靜會不會影響到附近居民，或是被附近居民影響。」

五色鳳是居住在台灣玉山的神鳥，有著七彩的羽毛身形比鶴還要大，住在玉山的一棵巨大芋樹上，晚上時會雙雙飛入夜空。

產子時放出的光芒時常被誤認為巨大隕石劃破天際，因此方嶺這次去除了查看這快瀕臨絕跡的妖異有否需要幫忙外，也順道去疏散一群往山頭探查的人群。

段長樂將委託稍微挑揀了一下，選了兩張委託單，朝蘇舒的面前推了推。

「墓坑鳥的墓園被撤離，協助尋找新的根據地。」段長樂指著第一份開口。

據說台灣的墓坑鳥會居住在墓園或是埋藏屍體的地方，花色短尾，喙長而眼紅如血，若屍體死前有所冤屈則會盤旋其上發出尖促的短鳴，許多社會案件也有傳聞是聽到了墓坑鳥的提示而被偵破。

也有傳聞墓坑鳥是詛咒的象徵，會給害人致死者帶來災禍，那些人將會被詛咒一輩子。

而要在台灣這寸土寸金的小地方找一個能讓牠們安生的墓園，怎麼想都不是容易的事情，蘇舒馬上將目光移向下一張單。

「這張單容易些，石燕的族群近期出現在阿里山區，要把上回的小石燕送回族裡。」段長樂指著另一張委託單。

蘇舒想都沒想直接伸手點了石燕那看起來除了注意山高天冷外，容易上許多的單。

「墓坑鳥我來吧！」陸亦清主動將委託單拿到面前細細查看。

方嶺去察看五色鳳，陸亦清負責墓坑鳥的遷移，這麼說起來這回她是和段長樂一組囉？

如此想著的蘇舒下一秒這美好的願景馬上被擊碎。

段長樂簡單地交代，「五色鳥方嶺負責，墓坑鳥陸亦清處理，石燕由蘇舒送回。我去處理一下最近關於蛇郎君的事情……」

「喔？」陸亦清揚了揚眉。

「聽說最近有人類打著親家的名號到處惹事，我去瞭解一下所謂的親家是怎麼回事。」難得段長樂也有苦笑的時候，他輕輕揉揉眉間似乎有些疲憊。

嗯？

如果說段長樂也有自己的事情要做，那麼她不就是一個人了？蘇舒突然領悟到了什麼。

「妥善處理。」方嶺也開口說了句。

「需要幫忙可以說。」陸亦清表示支持。

「那我……」蘇舒仍在自己可能馬上要獨立作業的微妙狀態中。

段長樂顯然注意到蘇舒有些微妙的神情，他輕聲問道：「蘇舒你一個人可以做到嗎？」

他這話讓另外兩人也朝她投向詢問的目光。

吸了口氣，蘇舒用力的點點頭：「可以！」

總不能一直都躲在他們的保護之下，這幾個月的訓練她也是很有長進的！

「那麼預祝各位武運昌隆。」

段長樂伸出了拳頭，大伙的拳頭一塊碰了上去。

「保育員出發！」

原本蘇舒以為自己真的就要一個人帶著還不太會飛，只能蹬著兩鳥爪蹣跚走路的小鳥上山。但最後不放心的段長樂還是派了一個已經達到成妖門檻的黑犬陪同。

「還是讓黑犬陪著妳吧！想要化人跟在妳身邊也有好處。」

「遇到困難一定不要勉強，記得求援。」

蘇舒記得出門前段長樂是這麼說的，還千萬囑咐她遇到無法解決的問題一定不要逞強。

「黑犬，我記得你的目標是化人？」蘇舒問著安靜跟在一旁，有著大黑狗體型的黑犬妖。

「哪個妖異的目標不是化人呢？」黑犬咧齒一笑應著，「我一定要化人。」

粗略估算他離化人還需要磨上十來年，不過成妖的條件卻在上個月便能順利達到。黑犬將輕鬆成妖的想法甩出腦袋，重新堅定了自己化人的目標。

他一定要化人！

「黑犬化人後是想見誰呢？」

讀心術嗎？黑犬腳下一頓，他沒想到眼前這人類姑娘居然有這種能耐。

蘇舒隨口一問，沒想到她這一問後低頭一看，就發現黑犬一臉被看穿而產生「人類好可怕，這是超能力嗎？」的訝異神情。

「我就隨便猜猜，沒讀心術。」蘇舒在黑犬景仰的目光下澄清。

「嘶——」黑犬倒抽口氣，他沒想到連自己在猜她有讀心術的事情都能被識破。

蘇舒看著黑犬一抽氣一退步的動作，決定她還是略過這個問題吧！

當她正想隨便轉移話題，說說附近的山啊水啊雲啊之類的話時，漫步在一旁的黑犬偏了下頭問。

「那我說了喔？」

「請說請說。」

咬了咬唇，黑犬想了下決定從那個漫天大雨說起。

黃豆大小的雨點，劈哩啪啦灑落地面，將地上淋得泥濘一片，四五隻小犬妖聚在一起嘻笑著，他們嘻笑的對象是一隻體型格外嬌小如長期營養不良的另一個小犬妖。

「廢物。」

「你不過就是一個有缺陷的雜種。」

「少在我們面前晃悠！」

外圍體型大上黑犬一倍不止的犬妖滿嘴嘲諷，還時不時踢一下、碰一下、咬一下，被欺負的黑犬趴倒在雨地上撐不起身子，身上大大小小的口子隨著雨水沖刷，淡淡的血跡慢慢散開。

小犬妖嗅了嗅被雨水化開的血腥味，隨後馬上扭開鼻子嫌棄道：「真臭。」

「不如我們就把他推到河裡洗洗吧！」

為首的犬妖戲謔地開口，一旁的小跟班馬上止不住附和。

大雨下河流水量驚人，滾滾的河水夾雜著大量的泥沙、樹枝、石塊，更多的是許多大大小小的暗流，一不注意就會直接被捲入河底。

無力反抗的黑犬就這樣被推入了河水中，他的頭在完全被河水吞噬前，他模糊的視線瞧見有一個小男孩居然直接推開了那些嘻笑著的犬妖，噗通一聲也跟著跳了進來。

「他跳下去救你？」聽到黑犬在大雨天被推下河的事情，蘇舒的拳頭緊了緊。對牠們來說或許只是小小給個教訓或惡作劇，但對虛弱的連抬頭都無法的黑犬來說，無疑是會要了牠的命。

「他跳下去之後，溺水了。」黑犬說到這裡眼裡充滿了笑意，「我攀上了樹枝，然後勾住他，讓喝了好幾口水的他也一起掛在了樹枝上。」

之後李昇平掙扎爬上岸也沒忘記把牠也順便拉上去，明明差點被溺死，那孩子還是第一時間就來確認牠是不是還活著。

「那時候我看著一臉討賞的李昇平，都忘記要訝異人類怎麼有辦法看見妖異。」

黑犬也同樣訝異一個人類跳下河救妖，差點把自己淹死，居然還能像個驕傲的小公雞一般挺起胸膛，究竟是什麼樣的臉皮才有辦法做到。

渾身黃泥巴的李昇平，被家人發現的時候，當場被打了好幾下屁股，被擰著耳朵帶走時還不忘對牠笑著擺擺手。

想著當時李昇平不停暗示牠趕快逃走，這裡有他擋著的模樣，黑犬還是低低地笑著。

那時候黑犬渾身溼透，天還不停下著大雨，又冷又餓的牠還被推下水又用了最後的力量救了一個小孩，他想估計一天這麼倒楣的也沒幾個了。

累得脫力一閉上眼或許就不想再睜開的黑犬，眼皮慢慢地變沉。

突然雨點不再無情地落在自己身上，鼻尖還聞到溫熱的米飯香味，黑犬在睜開眼前第一時間就張嘴大口大口吃著香甜鬆軟的白米飯團。

「你還好嗎？」

剛才被媽媽扯回家的小孩換了身乾淨的衣服後，又回到了黑犬的旁邊，替他撐著傘餵他吃著飯團。

「媽媽說不能養狗狗。」男孩輕輕地摸摸黑犬溼漉漉的腦袋，讓牠吃慢點，食物還有很多。

「我是李昇平，給你取個名字？」

上一秒還說家裡不給養狗，媽媽會生氣的李昇平，下一秒立刻就決定要把小狗狗養在這小河旁邊。

他覺得只要再給狗狗取一個名字，那麼一切就完美了！

「我想想……就叫多多。」

吃個飯糰好不容易緩過勁的黑犬，差點沒被這名字給氣得再度昏過去，一口飯都差點直接吞到了肺去。

「黑犬。」黑犬開了金口。

「你說你叫做黑犬？」李昇平彎著眼問，不過幾秒鐘後，他原本淡定如斯的表情突然裂開，他睜大眼指著黑犬驚呼：「你會說話！你居然會說話！」

「我們家多多居然會說話！」李昇平像是發現什麼厲害的事情一般，直接把聽到多多兩個字，眼神再度回歸死亡的黑犬給舉高高。

「黑犬。」黑犬又說了一次自己的名字。

「多多！」李昇平彷彿失聰一般繼續喊著黑犬的新名字。

好吧……看你要多多還是少少都行吧！

就當還你試著救我的恩情，不一巴掌再把你推到河裡。四肢懸空的黑犬嘆了口氣。

「以後就由我來保護你！」李昇平十分認真地將黑犬抱在懷裡，也不顧溼答答的小犬妖會不會將他的新衣服打溼，「不會再有人可以欺負你。」。

「我跟李昇平大概認識了半年。」黑犬看著仍仔細聽故事的蘇舒說著。

半年？蘇舒聽到這數字輕輕皺了皺眉，不過她怕一開口問為什麼時間這麼短，會不小心扒開黑犬的傷口，所以她只靜靜地等黑犬說下去。

「你們人類有些天生看不見，有些天生看得見，而有一些小時候看得見，某一天突然就看不見了。」

「李昇平就是那種突然某一天看不見的人。」說到這黑犬無奈地搖搖頭。

從那天落水後他和李昇平每天都會在那條河邊玩耍，他還記得那是一個溫暖的午後。

他一如往常地待在河邊，確認沒有陌生人或是其他妖異在附近遊蕩，李昇平也跟平常一樣的時間抵達。

只不過這一次李昇平沒馬上跑過來摸摸他的頭，而是站在河邊大聲喊著：「多多，你在哪裡？」

「快出來啊！」

「你再不出來我要走了！」

黑犬就這麼看著李昇平無數次經過他的身邊，不停在找著他。

接連三天都是如此，那時候黑犬明白那男孩已經看不見了。

聽到故事的最後，蘇舒伸手拍了拍黑犬的頭安撫。

黑犬偏了下頭半點傷感的情緒都沒有，他笑著說：「所以我要化人，然後這次也要守護著他。」

上次在河裡被李昇平感動後，黑犬就立志自己化人後也要在危險的時候救他一把，這回換自己在他面前驕傲地挺起胸膛。

告訴他那個常被別的妖欺負的小狗狗，已經大到可以不再害怕任何欺負了。

「你會做到的。」蘇舒看著用力點點頭自我鼓勵的黑犬笑彎了眼。

一人一妖還有一隻啾啾叫的小石燕邊走邊休息，終於爬上了嘉義高山阿里山，只是他們走的不是尋常遊客會走的大道，而是貼著邊緣近乎峭壁的地方走著。

雲霧繚繞之際，山頭宛如仙境一般美麗，耳邊不乏鳥兒婉轉清脆的叫聲，當人煙更加稀少，迎面吹起一陣強風的時候，蘇舒知道自己找到位置了。

台灣的特有妖異之一石燕，身形為通體漆黑只有尾巴的部分有一些白色如雪花般的白紋。

通常在深山或是斷崖邊能看見牠們的身影，集體飛翔的時候常會揚起大風，也有傳聞說恆春的落山風就是由此而來。

強風過後，一個身材玲瓏有緻，一頭黑瀑布長髮披散腦後長度直達腳跟處，身穿白色斜襟服飾的女子柔柔一笑。

「妳好，我是石嬛，石燕族的首領。」

「我是蘇舒。」

「我知道妳，妳是新來的人類妖異保育員。」石嬛淡淡地笑著，氣質宛如不出世的謫仙。

「今日有何事指教呢？」

聽到石嬛的話原本還一心欣賞美人的蘇舒這才回過神，從手中的籃子將毛好不容易多長了幾根的小石燕捧在手裡。

「這是先前石燕媽媽流落在外的孩子，能不能請您收留牠。」

「我覺得牠跟同族的人一塊成長會對牠比較好。」

「牠很乖，會很聽話，請您……」

原本擔心石嬛會不同意的蘇舒，正準備要將後頭篇幅幾百字對於小石燕的誇獎講出來時，沒想到眼前的美人輕笑後打斷了她的話。

「別緊張。」

石嬛伸出白潔的手指，像是在確認小石燕狀況一般輕輕地觸摸，感受到手指的清涼感，在籃子裡快要悶壞的小石燕立刻舒服地蹭了蹭。

「我們會讓牠健康平安的成長。」

石嬛的掌心向上，小石燕馬上就精神抖聳地走了過去，屁股一蹲就安心地窩在了那掌心中，眼睛微瞇隨時都會打起盹的模樣。

「啾啾——」小石燕開心地喚了聲。

石嬛彎著眼對蘇舒道：「道燕說妳把牠照顧得很好，牠在謝謝妳呢！」

「原來你的名字是道燕，要好好聽話，可千萬別頑皮。」蘇舒點了點小石燕的小鳥嘴提醒。

原本都寧靜佇立的石嬛突然側了側頭聆聽周邊的聲音後，下一刻就對蘇舒說：「下山時小心點，有人不懷好意。」

「最近人界不平，還需要安置這小傢伙，容我不能送妳一程。」

「啾啾！」小道燕拍拍自己還禿著的翅膀，高高揚起脖子直到蘇舒的身影遠去，才又重新坐回石嬛的掌心。

「不要擔心，她現在可是那三個大妖心頭寶，要動她的人可得掂量掂量。」石嬛對著仍有些擔心的道燕說道。

＊＊＊

順利完成自己在妖異保育園區第一份獨自擔當的任務後，蘇舒走起路來都跟著輕快許多。

她選著人多的道路，沿路看上好吃好喝的都會給黑犬買上一份，天氣微冷但心情熱呼著。

「黑犬，三月的時候，這裡會下起櫻花雨呢！」

阿里山的櫻花季聲名遠播，從十二月底開始到隔年的三月山上的櫻花都會相繼開放，尤其到了三月四月為最大的花期。

蘇舒走在兩排櫻花樹圍著的大道上，想著那粉色花瓣隨風紛飛的場景。

那時候找保育園區的大家一起來吧！

要是能坐上小火車，墨紜一定會很開心。

想著墨紜閃亮亮的眼睛，陸亦清、方嶺、段長樂三個大美男走在櫻花灑落的粉紅氛圍裡，蘇舒覺得光是想到那畫面自己都快醉了。

「妳為什麼要笑得一臉變態？」黑犬看著突然低低悶笑著的蘇舒覺得有點害怕。

那個表情他在墨紜要幹壞事，一臉陶醉在自己完美計畫中的時候有看見過，總之下場很不好，記憶中被方嶺狠狠教訓了一頓。

「到時候大家一起來吧！」直接忽略變態兩個字，蘇舒拍拍自己的臉努力讓笑容更爽朗一些。

兩人走在大道上的時候，前方的人群突然之間少了很多，比起心臟很大顆神經很粗的蘇舒，黑犬第一時間意識到了不對勁。

「是誰？」黑犬壓低了身子，瞇眼瞧著遠處的一叢樹後。

蘇舒也在黑犬低吼的同時，停下原本一跳一走的步伐皺眉看著遠方的樹下，那有一位二十出頭歲的黑髮男子輕輕靠著樹，側著頭滿臉笑意地瞧著他們倆。

「這兩排種的都是吉野櫻和八重櫻，同時三月四月的時候也是紫藤盛開的季節。」皮膚白皙的男子笑吟吟地走到了蘇舒和黑犬前頭，直接擋在了大道中間。

「瞧瞧我這腦子，都忘記要先自我介紹。」男子有些俏皮地敲敲自己的頭。

「我是陸家的陸明軒，我們陸家幾百年來都是蛇郎君的親家。」

出現了！

聽到親家兩個字的時候，蘇舒馬上想起了林莉的警告。

遇上直嚷嚷自己是親家的人記得先狠狠打他們一拳，然後跑。

有了林莉的警告在先，蘇舒立刻警惕起眼前這笑得人畜無害的男子。

「聽我們家妖異說，妳是最新的妖異保育員。」

「首先恭喜妳成為妖異中立區的保育員中第一位人類保育員，沒備賀禮小姐應該不介意才是。」

原本還叨叨絮絮自顧自說話的陸明軒像是客套夠了一般，話鋒一轉朝蘇舒伸出手，掌心向上做出討要東西的模樣。

「把東西交出來吧！那本就該屬於我們陸家。」

「什麼東西？」蘇舒眼裡只有茫然。

「蛇郎君的蛇鱗。」

「我沒那東西。」

沒說謊？有著自己獨門方法的陸明軒，馬上就從對方的語氣中解讀出她並沒有說謊。

可是不可能啊……上回有妖異說蛇郎君把東西給了一個女的，他不給園區中的人類，還能給誰？

陸明軒眉頭輕輕一皺後，語氣開始有點不太耐煩，「蛇郎君在你們園區內，唯一有可能得到他的蛇鱗的就只有妳。」

「合作點，別找苦頭吃。」笑容已經消失的陸明軒輕輕側了下頭後，一旁立刻走出兩隻大犬妖。

看到那犬妖蘇舒下意識就往黑犬身上瞥去，看見黑犬縮了下脖子後，她往前走了半步將不知道為何突然膽怯的黑犬護在身後。

「喲！那不是小黑嗎？」其中一隻銀灰色有人高的大灰犬妖調笑道：「現在居然還長本事了，知道該躲小姑娘身後？」

「哈哈哈哈——小黑好多年沒見，沒想到你還是一往如常的瘦小。」

「是不是都沒吃飽啊？」

「要不要我們哥倆教教你如何成妖？」

在兩個大犬妖你一言我一語的嘲諷下，蘇舒大致上明白了他們和黑犬的關係。

估計就是那年欺負黑犬，還想淹死牠的主犯之一。

「別怕，我在。」

蘇舒平靜的聲音，讓突然身陷當年陰影，四肢還有些顫抖甚至連尾巴都快要夾起來的黑犬，莫名安了心。

「現在妳要自己把東西交出來，還是我們過去拿呢？」

陸明軒手向下一壓，那兩頭高壯如巨狼的犬妖馬上跟著低伏身子，做好隨時都能攻擊的動作。

第九章　黑犬妖捨棄化人

「黑犬，準備好了嗎？」

聽到蘇舒低聲地詢問，黑犬克制了想直接逃跑的衝動，深吸口氣正準備挺身擋在她前頭時，有一隻手橫過自己胸前，然後自己四肢就懸在空中。

蘇舒一直都記得保育園區的大夥是怎麼跟她說的，大家都要她記得自己是個人類別魯莽。如果打不過一定要跑，跑了日後找他們一起再把人打回來！

因此她一把撈起沉甸甸的黑犬，朝陸明軒咧齒一笑，在對方反應過來之前轉頭拔腿就跑。

別的不說，抱著二十來公斤的黑犬跑還是挺重的，才跑出去沒多久蘇舒便覺得自己呼吸開始急促起來，後頭雜亂的腳步聲也快速地朝她逼近著。

「給我追！」

「女的要活的，那妖隨你們處置。」

身後傳來陸明軒下達指令的聲音，聽清他在說些什麼的黑犬突然扭動著身子掙扎起來。

「放我下來。」黑犬說道：「他們目標是妳，妳把我放下來我可以拖延一段時間。」

「快點！」

「蘇舒！」

掙不開蘇舒雙手禁錮的黑犬只好張開嘴，一口咬在了蘇舒的手臂上，希望藉此能讓她鬆手。

不料蘇舒像是沒感覺似的，任由黑犬銳利的牙齒逐漸用力咬穿她的手臂，仍緊緊地將其摟抱著，腳下動作半點都沒停擱，目光四處看著有哪裡適合躲藏或逃跑。

嘗到嘴裡的血腥味，黑犬趕緊鬆開了嘴，抬頭看去蘇舒卻像個沒事人一般，又給牠一個溫柔的笑容。

聽著後頭越來越大的追逐聲響，黑犬突然覺得很委屈。

要是他再更有用一點就好了……

蘇舒努力看著周圍有沒有適合躲藏的地方，經過一個轉角後，眼前是一條長達一百公尺的筆直大道。

她眼睛一亮，找了個茂密的草叢將黑犬往裡邊一放，讓牠往裡頭靠一點，將整個身形隱藏在草叢後頭。

以為蘇舒也要跟著躲進來的黑犬，努力地往後靠著直到腳下突然踩了空，踢落的一些石塊直直墜落後方山谷。

黑犬趴下身子等著蘇舒也躲進來時，不料她居然對自己做了個噤聲手勢，轉頭就繼續往前跑，成為筆直大道上那最顯眼的目標。

笨蛋！這樣一定會被追上的！

黑犬急得就想要跳出去將人拖回來，不過他才一探頭轉角立刻跑出那滿嘴譏諷的兩隻大犬妖。

讓牠縮回了脖子，同時也懊惱著自己沒有衝出去的勇氣。

跑在一點遮蔽物都沒有的大道上，肯定會被直接發現，而蘇舒要的就是這個效果。

只要他們將注意力都擺在了她身上，躲在草叢的黑犬一定能聰明地找準時機逃離。

剛剛陸明軒的話她聽得很清楚，他們要她活著，而黑犬極大概率……不，按照那兩犬妖的說法，黑犬一定會死。

利弊衡量下，蘇舒馬上決定要一個人拖延一點時間。

嘶——咬得還真狠……

坦蕩地知道自己一定會被追上的蘇舒，心情稍微鬆懈後便瞧見自己手臂上那整齊的牙痕，涼風吹過牽動著傷口，刺麻感讓她倒抽了涼氣。

佛列德和佛萊德一出轉角便看見那顯眼的目標，那目標瘋狂往前跑著，好似這樣自己兩條腿就能跑得過牠們四條腿一般。

獵食獵物本能被激發出來，兩隻大犬妖舌頭興奮地露在嘴外，口水都快滴了出來。

雖然陸明軒說女的不能殺，不過也沒說那人不能咬嘛！

好久沒咬人類了，不知道滋味是不是如同以往般香醇濃厚。

隨著距離越來越近，佛列德和佛萊德越發不著急起來，他們像是貓咪玩弄老鼠一般，只要蘇舒緩下速度他們就跟著放慢，時不時還追到她的屁股後頭作勢要咬上一口，急得她發出驚呼聲。

聽到那短促的驚叫聲，兩犬滿意地咧嘴直笑。

「快點啊！快跑快跑！」

「不想被咬就跑快點。」

佛列德和佛萊德兩犬妖嘿嘿直笑，這短短的路程壓根耗不到他們什麼體力，瞧前頭那姑娘已經開始喘著大氣，估計再跑也跑不了多遠。

嘴巴上還打算再占點便宜的兩犬妖，馬上開口：「哈哈哈再跑我們就咬了啊！」

如此說著的兩犬妖本來想譏諷蘇舒繼續奮力向前跑，好讓牠們倆再多玩一會兒，沒想到那姑娘倒是挺乾脆地直接停下了腳步。

這猛然一煞車，讓佛列德腳下刷刷刷地在地上磨出一長條沙痕，四個腳掌火辣辣地燙痛著，佛萊德就沒這麼好運，他整隻犬往前翻滾著摔了出去。

側身避開朝她滾過來的犬妖，蘇舒大口喘著氣，氣吁吁地開口：「不早說再跑就咬我，害我還跑這麼久。」

要是早點說停下來就不咬，這不就好了嗎？蘇舒對牠們兩露出譴責的目光。

佛列德和佛萊德：「……」

她這是在怪牠們說太晚嗎？

牠們也沒想到這樣她就會乾脆地停下來啊！哪個人在面對敵人的時候會說停就停的，能不能有點節操。

「那髒狗呢？」舔了兩把自己紅通通的腳掌，佛列德問著。

「我踢下山崖了。」蘇舒虛了虛眼面無表情說著。

「踢下山？」還沒跟上蘇舒腦迴路的佛萊德愣愣地問了句。

「左腳踢的。」還大口喘著的蘇舒指指左腳以示證明，只差沒模擬動作，踢個幾下示範。

「……」

兩犬妖決定暫時不要跟眼前這傢伙對話，不然真的壓抑不住也想用左腳把她踢下山崖的衝動。

一人兩妖三雙眼睛互瞪的時候，陸明軒也跟了上來，臉不紅氣不喘的樣子讓蘇舒覺得有些不平衡。

自己跑得披頭散髮像個女鬼，他一路跑來就像是頭髮噴了大量定型劑一般半點不亂，臉色還是漂亮的微紅。

「把東西交出來。」鬆了鬆有點跑熱的領口，陸明軒依然向蘇舒討要著蛇郎君的蛇鱗。

「我沒那東西。」蘇舒眉頭皺了皺，被一直問著自己沒有的東西，還被追了好大一段路，她也開始沒了耐心。

真的沒有嗎？

從問話到蘇舒回話，陸明軒一直仔細觀察著，結果她是真的沒有說謊。

這種情況有兩個結果，第一她是真的沒有那東西，第二她不知道那東西就是蛇郎君的蛇鱗。

不過有這可能嗎？

自己拿著蛇郎君的東西而不自知，是笨蛋？

皺著眉，陸明軒從兩個待命的犬妖中間經過，直直走到蘇舒面前，距離靠近到蘇舒還後退了兩步才保持住舒適的社交距離。

「真不在妳身上？」

「……在我身上。」蘇舒沉吟了會換了說法。

陸明軒揚了揚眉一臉妳可終於想開的樣子，再度朝蘇舒攤平了手掌，讓她識趣點自己交上來。

「不過剛剛跟著黑犬一起被踢下山崖了。」

「別問！」

感覺到一樣的套路，兩隻犬妖正要阻止的時候已經來不及了，陸明軒做出和他們一樣的反應。

他下意識便問：「踢下山崖？」

蘇舒這會指了指自己的右腳道：「右腳踢的。」

剛剛不是說左腳嗎？現在怎麼又變成右腳了？自己編故事好歹也記一下細節啊！太不敬業了！

佛列德和佛萊德在後方看得一臉鄙視。

被唬了一道的陸明軒扯了扯嘴角，已經用光他所有耐心的蘇舒很顯然激怒了他，他朝兩隻犬妖勾了勾手，那兩隻犬妖立刻興奮地往前幾步。

感受到危機感的蘇舒後退了幾步，腦子裡轉的仍是黑犬的事情。

不知道牠成功逃跑了沒……

慢慢往後退著，蘇舒側頭一看便發現後頭已是山崖邊，再後退估計就能直接下山。

「哎喲！沒路可退好可憐啊！」佛列德嘻笑著道。

「妳覺得我們要用哪隻腳推妳下山呢？」佛萊德一樣笑著應和。

「別廢話了，快點處理完。」陸明軒斯文的臉上此時被寒氣籠罩，眼裡冰冷冷一片看著蘇舒宛如在看一具屍體一般，「推下山你們還要把屍體撿回來。到時候搜一搜就知道東西在不在她身上。」

蘇舒探頭朝山崖邊一看，估算著如果她真跳下去有幾成機率還能剩下一口氣的時候，一聲沉穩的聲音自耳邊傳來。

「活著不好嗎？」許鹿的語氣中有著無奈。

他剛剛在旁邊看著，看到自家學生精湛的左右腳，輪流把躲在草叢後的小犬妖踢下山崖的表演，只能嘴角直抽地苦笑。

直到今天他才知道，坐在下頭一副好學生樣子的蘇舒同學，皮起來是這個樣子。

「老師！」蘇舒看見來者驚呼了一聲，「你怎麼會出現在這裡？」

許鹿此刻的出現讓蘇舒彷彿抱到一根粗壯大腿一般，心裡特別踏實，尤其是看見自己給的那條藍灰色圍巾仍繫在老師脖子上，有底氣的同時還有些不好意思。

「這是謝禮。」許鹿點了點自己額頭的位置。

白鹿的祝福！

蘇舒看著許鹿的動作，馬上聯想到放假前老師輕點她額頭的舉動。

「妖異會將恩情記住一輩子。」

蘇舒聽到老師這麼一說，覺得自己臉頰微熱，該怎麼說呢……老師您別用一種要以身相許的口吻說啊！就只是一條圍巾，不是聘金。

「老師？」陸明軒也只困惑了一下後便回過神來，他止住了兩隻犬妖的動作偏著頭問：「白鹿怎麼會出現在這呢？」

而且還是化人的大妖……

照理說最愛好和平的白鹿，鮮少會出現在人類社會，更別說捲入這場紛爭。

「為了守護心愛的學生。」

許鹿笑吟吟地回著，他高大的身影直接擋在了蘇舒前頭，彷彿只要有他在就別想有任何事物越過他去傷害他身後的人。

為了守護世界和平，貫徹……咳！

蘇舒輕咳了一聲，才忍住在這節骨眼嘴貧的衝動。

「只要她把東西交出來，這事自然就算了。」陸明軒依然在蛇郎君的事情上面緊咬蘇舒不放過。

「喔？」許鹿裝做自己不知道他在說些什麼的挑起一邊的眉。

「蛇郎君的蛇鱗，以往幾代都是由我們陸家保管，這一代依然也不會有例外。」

「我還不知道有人類可以強迫妖異與其交易的。」許鹿呵呵了兩聲。

「獵犬也會獵殺山豬，甚至是野鹿。」陸明軒手向上一抬，原本待機中的兩犬妖抖抖身子站了起來，「那麼妳是給還是不給呢？」

都說東西不在自己身上，這人簡直沒法溝通！蘇舒大大方方地翻了一個白眼。

「三打一你沒有勝算。」陸明軒一臉可惜地搖搖頭。

「三打二。」蘇舒讓他別忘了自己一個大活人還站在這裡。

許鹿瞥了一眼現在還有點喘的蘇舒同學，將其又往自己身後扯了扯，抬眼看向了一邊微微顫動著的草叢，「現在是三打三。」

三打三？除了許鹿外，大家一塊兒露出了困惑的眼神。

「還有我。」

黑犬從一旁躍了出來，站在了陸明軒等人的身後，和許鹿一塊包夾著他們。

「區區一個小妖異能做些什麼？」陸明軒一臉好笑的笑出聲，那聲音就像是在嘲笑黑犬的不識好歹和不自量力。

「哈哈哈哈哈——」黑犬聽到也跟著輕笑起來，牠咧咧嘴道：「如果我不是小妖異呢？」

聽到黑犬這麼說，許鹿勾了勾嘴角，眼裡滿是讚許。

在許鹿輕輕頷首下，黑犬渾身開始散發出耀眼的白光，身形開始無限度地被拉長拉大，光裡隱隱約約可以聽見那壓抑至極的嘶啞聲，黑犬開始成妖。

「黑犬！」

蘇舒一看見那口口聲聲說著自己一定要化人，甚至連天燈上的願望都寫著化人的黑犬，居然在這時候開始成妖，著急地喊了一聲。

「這是他的決定。」許鹿一把攔下就要上前中斷成妖過程的蘇舒。

「可是、可是……」

可是黑犬明明是最想要化人的一個，現在成妖那麼先前的努力不就白費了！

「蘇舒。」黑犬捱著成妖不適的聲音傳了出來，「我想明白了，我化人不是想成為人類，而是想成為一個像他一樣能夠守護別人的角色。」

「無論自身多麼弱小，總能挺身而出。這才是我的願望……」

蘇舒看著不斷破碎又拼回的黑犬身型，用力吸了下鼻子，將鼻酸的感覺逼回去。

「攔住他。」陸明軒回過神後直接下令。

「不會讓你們得逞。」

蘇舒直接朝陸明軒撲了過去，那野蠻的衝勁讓佛列德和佛萊德一時間沒反應過來攔住，就這麼讓同樣傻住的陸明軒正面吃了蘇舒一拳。

不光是敵方傻住，連一直關注著整場動態的大妖許鹿都抽了抽嘴皮子，他也沒想到身旁看起來一副傻大姊模樣的女孩，會直接撲上去給敵方大 BOSS 來上一拳。

一拳吃都吃了，他們反應過來要反擊的時候，許鹿馬上就出手攔在了犬妖和另外兩個近乎扭打在地上的兩人間。

「你們的對手是我。」許鹿瞇了瞇眼從身後抽出了一條藤蔓往地上一甩，劃破空氣的聲響讓兩隻犬妖下意識地縮了縮脖子。

「放手！」

「不放！」蘇舒直接壓在了陸明軒身上，說什麼都不願意讓開，抓準機會就往他臉上招呼著。

陸明軒看著身上賴皮式打法死賴在他身上不走，還不停往臉上不客氣揮來拳頭的蘇舒，氣得牙疼。

妳打就打，四肢直接纏上來絲毫不在乎男女大防問題的沒下限打法，誰教妳的！

要是蘇舒聽見陸明軒這遠古時代才有的男女授受不親之類的字眼，肯定會高冷地呵呵兩聲，現代社會誰還在跟你牽手就會懷孕！

「佛列德你往後面去。」佛萊德低聲地說著，並用眼神暗示自己兄弟往許鹿的身後靠近，自己則是在話語落下後，直接張大嘴朝目標撲了上去。

向來溫馴的鹿就算兇起來也還是有他的限度在，同樣都是大妖的情況下，身為白鹿的許鹿對上犬妖兄弟的進攻半點好處都討不到。

身前要擋著四肢並用朝自己撲上來的佛萊德，還要預防著後背隨時會撲上來和身前妖來個裡應外合的佛列德，一來一往不過兩回合許鹿的汗便浸溼了整個後背。

更別說他還要抽空注意蘇舒那頭撒潑式的打法，除了有點礙觀瞻外，有沒有需要他伸出援手救援的地方。

「警告妳，給妳三秒鐘放開！」一臉黑得滴墨的陸明軒，原本整齊的頭髮早已亂得跟鳥窩一樣，偏偏坐在自己上頭的人還纏著他不讓開。

「呵呵。」感受到對方跟自己差不多的能耐，蘇舒不僅不害怕這警告，還能游刃有餘地送他呵呵兩聲。

這種沒被三個化人大妖異整片山林追著跑過的養尊處優公子哥，不過就是爾爾！

不過蘇舒也知道凡事要有一個限度，不然真讓人憋出大招自己也討不到好，她抓著人滾了一陣後，馬上起身跑開，開溜的速度堪稱一絕。

讓以為抓準機會可以反擊的陸明軒直接撲了個空，只能咬牙繼續對兩隻犬妖下令。

「還在磨蹭什麼！動作快！我可不是供你們白吃白喝的！」這會兒陸明軒居高臨下的命令姿態，將之前溫文儒雅的神情全給摧毀。

他現在就只想逮住那人類高中生，好好將那一拳給打回來，能拿回鱗片最好，不能也要給她一點教訓。

陸家的臉面剛才全在地上滾掉了！

「老師！」剛脫戰的蘇舒看到許鹿身後的動向，趕緊大喊了一聲。

「嗤……」

許鹿回過神來的時候已經來不及，身前和身後兩隻犬妖抓準他分心的瞬間，同一時間一起朝他撲了過去。

當許鹿攔住前頭，準備用後背硬生生吃下一擊的時候，想像中的猛擊沒有傳來，只傳來了低吼聲還有疼痛不已的哀鳴。

佛列德舔舔唇朝許鹿咬去的時候也覺得自己一定能夠得手，沒想到他飛撲在半空中脖子突然被銳利的牙給咬穿，整隻妖被巨大的力道撞到一旁，渾身都痛著。

危機時刻完成成妖儀式的黑犬在白光完全消散前，便直接朝佛列德咬了過去。

白光緩緩消退，黑犬的皮毛變得更加蓬鬆厚實，身形也由一般台灣犬的大小放大了五倍，現在光坐姿就有一人高度。

滿嘴銳利牙齒折射出冷光，黑犬站在許鹿身後朝兩隻犬妖低吼著。

「挺威武。」許鹿讚賞。

「過獎。」

原本還對陸明軒稍微有利的情況，在黑犬成妖後瞬間打平，成為正式的三對三。

牙一咬，陸明軒做出一副他要放過他們的姿態，順了順自己凌亂的頭髮，對著蘇舒等人微微欠身，「既然蛇郎君的鱗片不在妳身上，那麼便不再多做打擾。」

「走了！」手一招，一人兩妖立刻快步後退，直到消失在蘇舒三人面前。

……臉呢？節操呢？

一發現情況不利就馬上遁逃的操作，蘇舒他們還是第一次看到有人運用起來如此順手。

「現代人真會玩。」黑犬抽了抽臉皮評價著。

「特別下流。」同樣作為現代人的蘇舒不齒。

「你成妖不後……」看著已經要比自己高的黑犬，許鹿原本想問這麼突然做出決定會不會後悔，但問到一半還是將話吞了回去。

現在問也沒什麼意思，不如不問了。

黑犬也知道許鹿要問些什麼，他笑了下後接下那問題：「一點都不後悔。」

就算決定得很突然，甚至還在不得已的情況下，但是對於自己的決定黑犬只覺得心情舒爽，雖然有那麼一點點的可惜，但是他不後悔。

雖然黑犬一點都不在意自己放棄了化人機會，但是他轉頭一看異常安靜的某人立刻就慌了起來。

蘇舒頭髮東翹一根西翹一根這還不打緊，要緊的是整天掛著笑容的她，此刻居然睜著大大的眼睛，微紅的眼裡水光慢慢聚集。

下眼瞼承受不住水珠的重量後，晶瑩的淚滴便滴落眼眶順著臉頰滑下。

從來沒有在這人類身上看到任何負面情緒的黑犬，看見人居然盯著牠瞧還哭了，頓時不知道該怎麼辦才好。

笨手笨腳的牠想都不想就直接伸出手想要碰碰她，看看對方是不是哪裡碰著磕著所以疼了，黑犬這猛的伸手，馬上被許鹿的手給擋下。

被這一擋黑犬這才想起自己已經成了大妖，剛剛不習慣力道的伸手已經在許鹿的手背上刮出五道長長的紅痕，隱約還滲出了血絲。

黑犬對阻止他動作的許鹿投以感激的目光。

要是剛剛那一掌真的碰上蘇舒的臉，估計牠就可以直接跳下山崖，就算不跳，園區裡頭那三個護短的傢伙也會想辦法把牠踹下去一百次。

「剛成妖還收不住力道，小心點。」許鹿提醒著。

蘇舒的淚水仍大滴大滴地落下，輕咬著唇透著許多委屈還有不甘心。

黑犬明明是最想要化人的，不過剛剛卻為了她直接成妖。

這樣黑犬、黑犬不就永遠沒辦法和當年那個男孩相見了嗎？

蘇舒腦裡浮現的是幾個月前在山頂上放的天燈，還有不久前黑犬笑嘻嘻說他一定要化妖，然後和那有過一命之恩的男孩見面的事情。

不過現在全成了泡影……

「黑犬，你明明想要化人的。」蘇舒看著黑犬，來自心底那種無力感讓她止不住眼淚。

黑犬看著平時笑得比誰都歡的蘇舒，居然因為牠的事情哭鼻子，心底泛滿一股暖意，他輕輕笑著道：「沒事，成妖也挺好啊！」

想清楚自己想要的東西是什麼之後，其實真的挺好，而且剛剛因為自己成妖才讓戰況逆轉的感覺，真的挺帶感的！想到這黑犬滿意地咧齒笑著。

「可是這樣他就看不見你了。」蘇舒吸著鼻子為黑犬抱不平。

「就算我未來五十年內能化人，也來不及。」黑犬笑著說出實話，希望蘇舒別在把這件事情掛在心上，重新給牠笑一個慶祝牠成妖。

李昇平現年也大約七十多歲了，他等不起。

等到自己真的能化人，估計那小毛頭也不在了。

「而且妖異本就不該與人類有所牽扯。」更別說喜歡上人類。

聽到黑犬一臉無所謂地對她如此說，自責感更重的蘇舒胡亂抹了把眼睛，將眼淚全抹在袖子上。用力吸吸鼻子，蘇舒開口道：「我帶你去！」

在黑犬還一愣愣反應不過來，眼前這妹子的情緒反轉怎麼這麼大的時候，蘇舒又重述了一次。

「我帶你去找他。」

又再一次被蘇舒感動一把的黑犬搖搖頭，「謝謝妳，不過不用了。他看不見我的。」

「總會有辦法的。」蘇舒有著自己的堅持，而且不容黑犬阻止。

問出了黑犬當年那男孩的名字，又讓許鹿搭了把手，活用現代的科技，蘇舒花了三個小時，在晚間八點的時後終於找到了李昇平正確的居住地址。

在某個社區，一棟有著藍色屋頂，前頭還有大片草皮的房子前，蘇舒深吸口氣。

「要陪妳一起？」看了下天色決定好鹿做到底的許鹿，問著準備鼓起勇氣按門鈴的蘇舒。

「不用，我可以的。」蘇舒嘿嘿一笑婉拒了許鹿的好意，獨自站上門前台階敲敲那門。

「妳好，有什麼事情嗎？」來開門的是一名年約四十歲的男子，他雖然訝異這麼晚的時間怎麼會有年輕女孩敲門，但還是溫和地問著來意。

「我想找李昇平先生。」

蘇舒露出笑容，從手裡拿出一份小禮物，照著她查到的資料說著，「我先前是李老師的學生，過年前想給老師拜年。」

查到的資料顯示，李昇平在去年於文教補習班退休，任教期間頗受學生歡迎，還教出不少學業傑出的學生，因此在過年前有崇拜的學生拜訪合情合理。

點了點頭，男子朝門裡喊著：「爸！有學生要給你拜年。」

當年掛著鼻水的毛頭小鬼早已完全長熟，經歷歲月的磨練，已經完全看不出當年那會被家人按在腿上揍的屁孩影子。

現在的李昇平滿頭白髮整齊地梳攏，雖然皮膚保養得宜但畢竟年紀擺在那，他的眼尾有著長長的皺紋，歲月在他臉上留下深深的痕跡。

雖然面孔和印象中完全不一樣，但是黑犬還是從那溫柔的表情，認出了他就是當年不顧一切跳下水救牠的男孩。

「昇平……」黑犬輕輕喚了聲，不過縱使牠巨大得近乎擋著整個門，李昇平仍瞧不見牠。

「妳不是我的學生。」李昇平揚了揚眉，一眼就識破眼前的年輕人不是他任何一位學生，「說吧！找我什麼事情？」

蘇舒看著環手靠在門邊，悠閒等她解釋的李昇平有些不好意思地訕笑兩聲，知道會被看穿只是沒想到這麼快，她腦子一熱開頭就是一句。

「請問您知道妖異或是妖怪嗎？」這話一出蘇舒就想找個洞把自己埋了。這說法活讓她像個直銷啊！還是推廣怪力亂神，說著世界快要末日只有她們教主能拯救世人的那種。

李昇平一聽到眼前這姑娘大晚上特別偽裝成自己的學生，見到他就為了跟他說一些怪力亂神的事情，他眉頭一皺轉身就要關門離開。

「您還記得您小時候在河裡救的一隻小黑狗嗎？」蘇舒趕緊將話題切入主題。

「狗？」李昇平重新靠回門邊，繼續聽著眼前的高中生想跟自己說些什麼。

如果黑犬說那時候李昇平大概是六、七歲的年紀，估計距離現在六十多年……想到已經是六十幾年前的事情，蘇舒說得也有點心虛，她自己都不太敢肯定相距這麼久的事情，那得模糊到什麼程度。

「大概這麼大。」蘇舒用手比了一個籃球大小的寬度。

「小了。」黑犬提醒了一聲。

「或許再大一點。」蘇舒手中那無形的籃球頓時膨脹了三倍。

李昇平：「……」

手裡比的東西忽大忽小，真的是狗嗎？

果然如同蘇舒所想，李昇平一句不認識就想將人打發走。

「在一個大雨的夜晚，小狗的名字叫做黑犬。」

「不認識。」李昇平嘆了口氣，這回真的轉身往屋內走了進去，反手就把門關上。

「多多，他都叫我多多。」黑犬看到那逐漸合攏的門也急了起來，說出了那個他一直不想承認的名字。

蘇舒還來不及細想多多這名字有多接地氣，她對著已經落鎖的門喊道：「牠叫做多多。」

多多？黑犬原來你也有這一段故事啊……

一喊完蘇舒才仔細品味起黑犬的小名，一臉深沉地看著已經將頭瞥向一邊的黑犬。

「別問，問了我也不會說。」黑犬伸出爪子輕輕將蘇舒的頭撥開，至少別再對著自己露出韻味深遠的笑容。

多多這響亮的名號一說出來，原本緊閉的門被李昇平推開，他看著蘇舒重複：「妳說多多？一隻表情嚴肅的小黑狗？」

努力回想，在模糊的記憶掏找，李昇平還是記得他小時候在某一個大雨的夜晚，看到一群狗在玩耍，可是玩著玩著一隻小黑狗便滾到了湍急的河裡。

他來不及思考自己到底在那河裡游不游得起來，腦子一熱就跳下水，去救小狗。

可是之後他只知道自己也溺水了，冰冷的河水夾帶著泥沙讓他的肺痛得要爆炸。

昏昏沉沉之際那隻原本要被自己救援的小狗，居然把他拉了上岸，還一臉嫌棄地瞪著他。

李昇平還記得回家之後媽媽氣得要禁他足，不過他還是溜了出去，給小狗帶了吃的東西。

不過某一天，那小黑狗不見了。

「對，就是那個小黑狗。」蘇舒見人終於想起來黑犬的事情，眼睛一亮地附和。

「牠現在還好嗎？」這話一問出來，李昇平自己都被自己給傻笑了，哪有狗能活六十多年，又不是妖怪。

「那天牠突然就不見了。」李昇平說著垂垂眸，那彎彎的眼露出感傷的神色。

「牠沒有不見。」蘇舒搖搖頭，「只是你長大了。」

只是我長大了？不太理解這話為什麼這樣說的李昇平，看著眼前不像是在胡說八道的蘇舒偏了下頭。

「你相信妖異的存在嗎？」

這回蘇舒連敬語都省了，她深吸口氣說出一剛開始問的話，是成是敗還是被當作神經病就看現在了。

察覺門口不是個適合說話的地方，李昇平讓蘇舒到了自己後院草坪繼續談話。

「妳說傳說裡頭那種妖怪妖異？」

「黑犬……多多是犬妖，尋常人類看不見妖異，有些小孩子小時候可以看見，不過長大後就看不見了。」

沒有馬上回話，李昇平緩緩地在草皮上踱步，蘇舒也明白這訊息量很大，因此也沒打擾給他一點時間好好消化一下。

抬頭看看濛濛的天空，李昇平本人也很訝異他活到這麼大一把歲數，還會相信這種像是唬小孩子的事情。

不過他看著蘇舒清澈堅持的眼睛，他相信了。

「多……黑犬牠現在還好嗎？」李昇平露出溫柔的笑臉。

原來當初不是牠拋下了他，而是自己再也看不見牠。

時間久了也把這事情忘了，轉眼就過了這麼多年，也不知道黑犬牠有沒有好好照顧自己。

「牠很好呢！」蘇舒看到李昇平的反應也鬆了口氣，她努力將手向上舉到最高，張開了手臂笑彎眼說：「現在這麼大呢！」

「是嗎？已經長這麼大了。」李昇平看著蘇舒的旁邊，對著空無一物的地方笑道：「現在還會像以前一樣被踢到河裡嗎？」

「臭小鬼，你才會被踢到河裡。」黑犬立刻撇撇嘴。

「他在這裡吧？」李昇平看到蘇舒一秒變得微妙的表情，馬上就確定那犬妖一定在這裡，肯定還說了些讓小姑娘不好轉達的話。

「牠說了什麼？」李昇平笑咪咪地問。

「牠說……牠很想你。」蘇舒努力將剛剛黑犬的傲嬌行為適當翻譯。

「我才沒這麼說。」黑犬哼了聲。

「他才不會這麼說。」李昇平愉快地哈哈笑著。

你倆倒是挺熟悉彼此的個性。

蘇舒扯扯嘴皮，決定暫時站到一邊把時間留給他們兩個，省得又出現什麼話需要她翻譯後才能說得出口。

重點是翻譯出去還得被雙重打槍……

「黑犬，長這麼大啦！」李昇平看向方才蘇舒比的高度和位置說著，「可別再被欺負呢！」

「你才是呢，一下子就這麼老了。」黑犬稍稍低下頭和李昇平對視著。

「想當初一個手掌就能把你抓起，現在估計胖了。」李昇平笑著比劃著一個巴掌大小的球體，「我不在你身邊，保護不了你，一定要好好照顧自己。」

李昇平明明知道自己聽不到黑犬的回話，但仍像是看得到牠一般對牠叨絮著。

就著月色朦朦朧朧之間，李昇平彷彿看見了一個巨大的黑影在自己面前，後頭鐮刀般的黑色尾巴一甩一甩晃著，那雙水潤的眼睛如同當初一般帶點傲氣卻又十分溫和。

真的長大了呢……

「以後常回來看我吧！」

「一定會。」

在蘇舒的眼裡，黑犬用牠的頭輕輕地靠在李昇平的肩膀上，而李昇平就好似能看見他一般一下接著一下地輕輕拍著那巨大的頭顱。

月光朦朧的照射下，蘇舒聽著黑犬不停對李昇平細語，「我好喜歡人類，好喜歡你。雖然不後悔，但我好想化人……」

隔著圍牆聽著黑犬呢喃的許鹿只能輕聲嘆息。

第十章　蛇郎君的老婆本

大年除夕當天，蘇舒完成保育園區勘查小妖異回族群生存情況的任務後，在冷風中半點都不停歇地直接返回園區。

「我回來了。」

一推開門，暖暖的溫度讓她舒適地呼出口氣，不過除了她的聲音外半點聲響都沒有。

已經習慣方嶺會第一時間探出頭來打招呼，段長樂和陸亦清也總在客廳討論事情或拌嘴，一時間如此安靜讓蘇舒有些不習慣。

這次她負責將小妖異送回族群過冬，段長樂還忙著自己的事情，陸亦清去察看前些日子給坑墓鳥遷移的位置，有沒有產生任何問題或困擾，方嶺則是聽聞雷鳥棲息的大樹有恙特別去幫忙物色新棲。

「可能今年一個人過吧！」

「就跟以往一樣。」蘇舒拍拍臉給自己打氣。

原本想說今年或許可以跟園區的大家一起過，不用一個人過的蘇舒，其實還是有那麼一點小小的失落。

今天一早她正想問問他們除夕夜要不要一起過的時候，一連串的工作就直接被分發下來，讓她的問話直接消失在喉嚨。

宛如平常日一般，大家都沒特別提關於過年的事情，該幹嘛就去幹嘛。

「或許妖異沒有過年的習俗。」

「對他們來說可能就只是特別冷的一天。」蘇舒想到這兒，勾勾唇無奈地笑了下。

當她正思索著要如何打發時間的時候，園區的門被推了開來，穿著大風衣鼻子凍得有些紅的方嶺走了進來。

「你回來了？」蘇舒愣愣地問著，她怎麼記得方嶺說至少要花上三五天的時間才能搞定。

「嗯。」點點頭，方嶺揉揉有些冷僵的臉。

「超冷……」不一會兒同樣冷得鼻子發紅還在吸鼻水的陸亦清也回來了。

再來是段長樂？蘇舒合理猜測著。

他們三人這是組隊出發，再一同組隊折返嗎？

「蘇舒，完成了嗎？」段長樂一進門就笑著問，看著他們三人發呆的蘇舒。

「很順利。」下意識地回答後，蘇舒才眨了眨眼睛確認：「你們不是說至少都要三天才能解決嗎？」

「今天是除夕夜。」話能少就少的方嶺，路過蘇舒的時候還特別揉了揉她的腦袋。

「還不是為了妳，折返有夠遠。」陸亦清嘖了聲抱怨著。

雖然心裡有了一點猜測，蘇舒還是將詢問的目光投向段長樂。

「我記得你們人類除夕夜都會聚在一起，大家一起過。」段長樂看著眼眶有些泛紅的蘇舒失笑道：「以後我們都能一起過。」

「嗯！」蘇舒用力地點點頭。

奶奶、爸爸還有媽媽，今年過年她不是一個人過呢！有大家在，今年一定是一個暖年。

當保育園區三巨頭都已經到齊後，理當不會再有人打擾的時刻，門傳來清脆的叩叩聲。

蘇舒、陸亦清、段長樂還有在廚房忙著年夜飯的方嶺都探出頭，看向門的地方。

「誰啊？」陸亦清絲毫沒有要移動步伐去開門的意思。

「我去看看。」

蘇舒一推開門便看見長相清俊，氣質乾淨，脖子上還圍著藍灰色圍巾，身穿一身深青色的許鹿正笑吟吟地看著她。

「新年快樂。」許鹿彎著眼道。

「誰？」陸亦清的聲音從裡頭傳來。

「白鹿。」許鹿自報家門後便跟著蘇舒走到室內。

「哪陣風把你吹來？」段長樂放下手中的書，問著不請自來的許鹿，「最具備資格成為下一屆鹿王的候選人，現在不應該忙著競選的事情嗎？」

聽到最近一直在耳邊不停被族人嚷嚷的事情，許鹿臉部表情馬上扭曲了一下。

「他們成天都在嚷嚷該怎麼成為鹿王，這麼想當鹿王怎麼不自己去當啊……」許鹿說著深深地嘆了口氣。

白鹿一族每一百年就會選出一位領導者，鹿王。

鹿王要在接下來一百年制定族內的一些規則，以自身為典範起到約束族人的效果。還能享有最多的婚配所有權……想到最近整天都有母鹿撅著屁股在他眼前晃悠，時不時還用屁股頂他一下，許鹿又是一陣頭疼。

近一百年白鹿族群又以許鹿化人最為出風頭，他也順理成章成了族內最看好的鹿王人選。總之許鹿覺得這就是一個麻煩的差事，誰樂意整天給族內疑難雜症解惑，就誰去吧！

「這裡可不提供大妖避難。」陸亦清嘴巴上這麼說但也沒趕人，反而給他添了杯熱茶，嘴巴上打趣道：「鹿王候選人。」

「別說了，讓我在這躲躲。」許鹿揉揉依然迴盪著鹿王兩個字的頭。

許鹿也是好半晌才想到他還有這麼一位學生在保育園區工作，或許可以借一點人情，讓一個寒假過得平順一些，一開學躲回學校就能再撐半年。

不然想到昨晚居然已經有母鹿爬進他的被窩，許鹿就一陣惡寒。

「那就一起過年吧！」蘇舒開心地抓一把瓜子放在許鹿的面前。

「過年？」許鹿先是露出思考的表情，之後隨即恍然地看向另外兩妖，「你們流行過年？」

陸亦清朝蘇舒努努嘴，段長樂則是繼續看著自己的書沒有搭話，一片沉默的氣氛下只有蘇舒睜著眼睛一臉期盼地看著許鹿。

許鹿優秀的教師素養，讓他快速回顧關於蘇同學的一些事情。

家裡的親人早逝，由親戚撫養，而且還是那種只要活著就算養好的放養式撫養。

可以想像人類最重視的「年」是要家人一起團聚，一個孩子面對冷漠的親戚們，宛如兩個世界的感覺有多麼孤單。

許鹿心裡忽然一軟，他笑著答應：「一起過年。」

「蘇舒，方嶺在廚房喊妳。」用手指撥弄著瓜子，吹著溫暖的暖氣，享受難得清閒的陸亦清突然對廚房那頭說著。

雖然沒有聽到任何聲音，但是蘇舒還是跑到廚房看看是不是方嶺有什麼事情需要幫忙。

方嶺聽到陸亦清的聲音，再看到對方給自己使的眼色，馬上就派了挑菜的工作給蘇舒，順利將人拖在廚房。

「什麼事情？」段長樂闔上了書，問著特別把人調開的陸亦清有什麼問題要問。

「你那鱗片是怎麼回事？」

陸亦清想到他在查看坑墓鳥棲息地遷址的時候，居然有不知道打哪來的妖異，不停糾纏著關於蛇郎君鱗片的歸屬去向，光是回想起來他就感到一陣麻煩。

雖然不知道鱗片已經給了人的消息是誰傳出去的，但是聽到他們不停叨叨絮絮說有一個陸家的，跳出來說是蛇郎君的親家，陸亦清就覺得煩躁。

滿嘴胡說八道說著不真實的情報就算了，還一副你居然不知道的自得嘴臉，陸亦清差點直接把妖種地，原地建墳，讓坑墓鳥也不用遷了，這裡就有新鮮的墳頭。

原本可以悠哉指點查看遷習後狀況的陸亦清，對著讓他清閒不在的始作俑者挑眉。

「聽說是一個姓陸的家族。」陸亦清看著段長樂想要一個解釋。

他可是親眼瞧著自家同事把蛇鱗交給了蘇舒，諒蘇舒也沒膽子把這麼重要的東西給別人。

那麼陸家是哪兒蹦出來的？

「爺爺輩惹出來的禍，只是人類一直惦記著。」段長樂無奈地攤攤手，這幾天他也一直在處理這件事情，但那群人總不死心。

無論他說破嘴，陸家一條筋就覺得他蛇郎君應該要把東西給他們才是正確的決定。

沒想到爺爺無意間說：「要不然以後蛇郎君的蛇鱗都給你們陸家如何？」這話會讓那些人世世代代一直當作祖訓流傳著。

嘆了口氣，段長樂也覺得有些麻煩地揉揉眉。

「是為了得到榮華富貴？」許鹿問著他所知道關於蛇郎君的一些傳說內容。

蛇郎君的故事，普遍流傳於台灣民間。

大致上的內容為，蛇郎君為修行數把年的巨蛇妖，且擁有法力，他看上了一戶人家的女兒，希望人類將女兒嫁給他。

只要願意嫁，那他便願意給其無數的金銀財寶，福澤全族。

這大概是台灣流傳最通俗的版本，其餘還有很多關於蛇郎君民間傳說。

核心內容大抵都是，蛇郎君貌美求娶人類女子，給其全家無盡的金銀財寶和富貴。

「爺爺的爺爺輩確實有這麼做過。」段長樂沉吟會兒後證實這個傳說，「據說當時求娶手段激烈，要是女子不嫁便要滅其全家呢！不過所有的財富全都是用幻術在忽悠，壓根不存在。」

「那個陸家就是打著這算盤，想方設法得要得到你呢！」陸亦清撇撇嘴，「不過傳說就是傳說，所有的妖都知道，蛇郎君最擅長的就是幻術。」

自以為得到的無數財富，搞不好揉揉眼睛全部都會變成樹葉。

「可是人類不知道。」段長樂同感無奈地攤了下手。

「上回蘇舒在做保育員工作的時候，也被一個姓陸的堵住，對方還帶了兩個大妖。」

至於犬妖迫於事態被迫成妖的事情，許鹿就沒有特別提出來說了，只擷取了重要跟確實被保育園區在意的事情，關於蘇舒的部分。

「這部分我會爭取盡早解決，上回的事情還多謝幫忙。」段長樂嘆了口氣。

連自己人都被堵在了路上，對方還帶了兩個大妖，這種直接被找上門打臉的事情讓他也有些頭疼。

陸家的確實有些過頭了，要是那時候白鹿不在現場，蘇舒回來時肯定不只是一臉疲憊。

「所以你鱗片給了誰？」許鹿問著他在意的問題，但問題一出立刻感覺到自己有些唐突，「抱歉，如果不方便……」

再怎麼說蛇郎君的蛇鱗傳說，全部都和他的另外一半有關係，他這樣直接問確實有些不妥。

「蘇舒。」陸亦清直接給出答案。

原本以為要好一番周旋，才能隱約猜出答案的許鹿有些愣住。

蘇舒？可她不是說不在自己身上，蘇同學和陸家對峙的時候也不像在說謊，更何況東西要真的在身上，就算當時己方有黑犬和他坐鎮，對方應該也沒那麼容易說撤就撤。

蛇郎君的財富對於人類來說還是有著相當吸引力的。

許鹿聽到陸亦清的答覆仍抱著懷疑的態度，「蘇舒那時候說，蛇郎君的蛇鱗不在她身上。說謊？」

用力抹抹臉，自認還是挺了解那傢伙是什麼性子的陸亦清沒好氣地翻了白眼，「估計蘇舒自己都不知道她身上攜帶的鱗片就是蛇郎君的蛇鱗，她可能直接把鱗片當做了某個說出來會很失禮的東西。」

嘛……確實很像是蘇同學會做的事情。許鹿想到她在山崖邊花式敘述她把鱗片連著黑犬妖一同踢下山崖的事情就感到一切合情合理。

「哈啾——」

當初直接把鱗片歸類為一種魚鱗的蘇舒打了個噴嚏。

「蛇郎君的鱗片，段長樂可是第一時間就交給了蘇舒。」陸亦清環著手，看著仍面帶淺笑的段長樂問道：「我還有一個問題。」

「你當初為什麼特別要選她？」

當初陸亦清看見段長樂居然直接就把最重要的家當給交出去的時候，他也大吃了一驚。

要是其中沒有什麼貓膩，他才不信！

「不是我選擇她，而是蘇舒把握了機會。」段長樂抿了口熱茶，「考核時你也在場，不是嗎？」

確實她那毫無保留的善意令他很吃驚，可他問的又不是這件事情。

陸亦清揚揚眉將事情問得更清楚。

「其餘面試者私下都有在從事一些會與妖怪密切接觸的工作，而蘇舒看上去就不是那類人。」

陸亦清永遠記得面試那天，蘇舒一臉走錯路的迷惘模樣，跟其他有備而來的面試者相差甚遠，一眼就可以看出那姑娘肯定是走錯路。

「理當她不會看見我們的招聘文宣。」陸亦清稍稍瞇起眼看著段長樂，要他給一個明白。

陸亦清覺得既然得不到招聘文宣，就沒道理出現在面試現場。

「我以前見過蘇舒，答應要給她一個機會。」段長樂說起那段依然很清晰的記憶，「正確來說是答應蘇舒的奶奶。」

「哦？」陸亦清揚了揚眉。

許鹿也給自己添了杯茶跟著聽起這段故事，老實說他也很訝異平時在班上低調萬分，爾偶有點小聰明的蘇同學居然能夠得到蛇郎君的一個機會。

「我小時候其實挺風流的，到處拈花惹草的那種。」

「幾百年前嗎？」捕捉住那關鍵字，陸亦清表示理解地點點頭。

畢竟蛇郎君化人的樣貌在人類的審美觀中算的上拔尖，再加上剛化人沒多久的妖都愛玩，仗著自己的姿色惹點事情也還合情合理。

「大概五十年前。」

陸亦清：「……」

「咳咳咳。」許鹿聽到五十這數字也稍微被茶水嗆了下。

你一個大名鼎鼎的蛇郎君，五十年前估計都已經化人超過一、兩百年了，你再說一次小時候試試？

沒有多在意在場兩妖鄙視的目光，段長樂繼續將事故說下去。

「那時候我兩個很好的摯友相繼過世，在我眼前化成了灰。」

大蛇明神和青龍明神是段長樂化人後結交的好哥們，但某一天兩人同時消失在他的世界。

對他來說心頭就像被挖空了一大塊般，漫長的妖生中突然半點意思都沒有，世界看上去也像蒙了層布般灰濛濛一片。

「從那時候開始，我新的樂趣就是拐個女孩子玩。看看她們可以為了我沒下限到什麼程度。」

想到那段時間的荒唐，段長樂自己都沒忍住扯扯嘴皮自嘲。

「惡趣味。」陸亦清撇撇嘴。

「年輕不懂事。」

「……」陸亦清和許鹿面無表情地忽略年輕那個字眼。

「之後遇上了蘇舒的奶奶？」許鹿猜測接下來事情的發展。

「對，我認識了蘇舒的奶奶。」段長樂露出淡淡的笑容，「她有一雙和蘇舒相差無幾的乾淨眼睛，還有無時無刻總發出純粹善意的直率。」

「她愛上了你？」陸亦清直接將最狗血的段子往段長樂身上套。

大概又是一段人妖的虐戀戲吧……

段長樂搖搖頭失笑道：「她打了我一巴掌。」

啪——

原本還左摟一個右抱一個青春女子的段長樂只覺得臉火辣辣疼著，眼前有一個二十出頭歲的女子睜大眼瞪著自己，她的手還微舉在空中。

愣愣地摸著自己的臉，在段長樂反應過來之前，他的臉又被用力地打向另一頭。

原本只痛一邊的臉頓時平衡了，兩邊一起痛著。

「何清芸妳搞什麼！」

見她們的愛人被賞巴掌，那群鶯鶯燕燕立刻就坐不住，紛紛蹦起來指著剛剛動手的女子就是一頓罵。

「自己沒本事，憑什麼對阿樂出氣？」

「妳一定是忌妒對不對！」

「阿樂你還好嗎？」

何清芸依然怒氣沖沖瞪著那美得不像是尋常人類的男子。

是妖異嗎？

幾個月前她就從其餘女性的口中，耳聞有一個俊美的男性在此地出現，十分能言善道總能哄得每個人心花怒放。

只要能達到他的要求，便能許一個願望。

原本何清芸也是想著多麼自大的自信，連一個願望這種承諾都能許出來，一見到那個神祕人，她立刻將人……應該說妖認了出來。

那哪是什麼人，就是一隻修行已久已經能化人的大妖。

看到他將身邊一群女子哄得團團轉，時不時還看見周邊人看著天空傻笑，宛如見到世間最美好景象一般。

還用妖術哄騙？當人類好欺負的！

何清芸心頭一火，腦子一熱，衝上去抬手就是啪啪兩巴掌，直甩得自己手掌通紅發痛。

「妳們這都還沒醒？」何清芸用著看一大群傻子般同情眼神，看著此刻依然幫那妖護航的女子。沒發覺他允諾妳們的承諾，一轉過頭就成了泡影，自己看到的美好只是幻覺嗎？

「何清芸妳別太過份了！」

「沒事為什麼打人呢，瞧這臉都腫了……」

一群女子依然沒什麼好氣地罵著何清芸，在她們眼裡這人就是來跟她們搶男人的。

姿色不行手段還不入流，居然直接動起了手，平時看她孤僻一個人，還總是對著沒有東西的角落神神叨叨她們都能裝作沒看見，但是這回她居然直接動手了。

叔可忍孃不可忍，對阿樂動手就是該死！

「何清芸，妳以為我們會怕妳嗎？」

為首一名濃妝豔抹，白瞎了這副青春容貌的女子直接從段長樂的腿上站起，並吆喝著姊妹捲起袖子作勢要給何清芸好看。

「哦？」

何清芸一看居然有人捲袖子捲得比自己還起勁，她勾勾唇也一把拉起自己的袖子道：「要跟我打是嗎？」

她雙手一伸展一連串骨頭劈哩啪啦舒展的聲響，直接唬得那群連雞都沒殺過的大家閨秀紛紛大退半步。

這會兒沒半個人敢再對她大聲，只這樣一嚇全都安靜地像鵪鶉一般。

哼，丟人！

何清芸轉動著關節往前快步邁進，作出一副她馬上就要揍一兩個人來祭天的架式，那群花蝴蝶一個個跑得飛快，不一會兒就只剩下一個頭被打偏還沒清醒過來的男子呆坐。

她插著腰走到段長樂面前，見人一副魂被她打跑一般的模樣，也沒狠下心繼續罵咧咧，只嘆口氣輕聲道：「好好做人不好嗎？」

何清芸也認識幾個大妖，他們把化人說得跟登天一樣難。

既然達成了難如登天的事情，那為什麼不好好珍惜……偏偏要過得比平常人還要下賤。成天泡在女人堆算什麼大妖算什麼好漢，白長了一張這麼好看的臉。

最後瞧了眼依然沉浸在自己世界，兩邊臉頰還各留著一個五指分明掌印的段長樂一眼，何清芸最終僅輕嘆了口氣後便離去，任由人繼續溺死在自己的世界。

入夜後的天氣微涼，天空烏雲濃厚，一副隨時都會降下大雨的勢頭。

遠遠看過，那男子依然坐在公園的池塘旁邊，只是這回他身旁早沒了那群聒噪的女性，只剩他一個人孤單且落寞，更別提紅腫的臉更顯他的狼狽。

何清芸眉頭一皺，從冰箱拿了塊冰，就朝公園走去。

是啊……

為什麼他不好好做人呢？

段長樂不停在想著那人對自己說的話。

或許是他的世界已成了黑白色，又或許就算化人了，能說得上話的好友也全都沒了，就算化人也沒什麼意思……

原本還不停詢問著自己，好好一個意氣風發的蛇郎君，為什麼會在一個人類的眼裡讀到了憐憫和同情兩種令自己難堪的情緒，段長樂突然覺得臉頰一冰，他猛地一轉頭就看見一雙漂亮清澈的黑眼睛。

何清芸看著那雙黑不見底的眼睛眉頭皺了起來，手上替他冰敷的動作沒停，她問道：「醒了沒？」

段長樂愣愣地低眸看了下那捏著冰塊替自己冰敷的手，再順著那白潔的手腕向上看。

連剛剛捲起來的袖子都沒放下來……

查覺到對方的目光，何清芸假裝不在意地將捲得歪歪斜斜的袖子扯下。

倏地原本還有點微亮的傍晚天空，突然暗了下來，何清芸微瞇著眼看向雲的另一端，隱約有一條龍的身影竄過。

「碧龍。」

聽到身邊的女子第一時間就認出了，居住於台灣外海深海中，一生少有幾次騰空，每每於空中出沒都能積雲成雨的妖異。

「妳很懂妖異？」

「略懂。」

方清芸隨意地敷衍著，她看著天空隨時會降下暴雨的趨勢，設想著如果把眼前這臉還腫著的傢伙扔在外頭，說不定不小心就給大雨凍死。

她翻了自己一個白眼，將冰塊往段長樂的懷裡一塞，就直接扯著人往家裡走去，家門才剛關上，外頭立刻響起霹哩啪啦的大雨聲。

「何清芸。」

「段長樂。」段長樂順著何清芸的話，將自己的名字報上去。

屋內的暖氣發出嗡嗡的聲響，將外頭的冷意驅散不少。

給段長樂泡了一杯熱茶，何清芸拉開椅子坐在他的正對面，托著頰一副洗耳恭聽的模樣。

「什麼事情讓你這麼難受？」

這話一問出來，何清芸立刻收到段長樂那副靈魂脫殼而出般的空洞表情。

對方的臉上很擺明地寫著一句話，就算我說了，妳又能怎麼樣？

她感到有點麻煩地抓了抓頭，呼出口氣後對著眼前不知道因為什麼事情無法振作，反而玩弄起人類女孩的大妖和聲道。

「或許我幫不上忙，但是能聽你說。」

何清芸說完後就這麼靜靜看著段長樂，兩人就在溫暖的室內互相乾瞪眼。

好半晌都沒有人說話，段長樂聽著外頭的雨聲許久後再抬頭，眼前那說要聽他說的姑娘仍注視著自己，半點等到不耐煩的表情都沒有。

認清到要是他不說，估計別想走出這屋子的情況，段長樂輕摸著溫熱的杯緣開口。

「我的朋友死了。」

何清芸聽到後沒有搭話和做出任何回應，而是繼續地等段長樂整理一下思緒後接著說。

「可是妖異間生生死死很稀鬆平常，但我就是提不起勁。」

總感覺自己這麼努力，倒頭來也不清楚為什麼……一種他也不知道為什麼的迷惘，讓他只想什麼都不想地好好放縱。

說完後，段長樂看著輕抿起唇的何清芸，想看看這姑娘會給出什麼回應。

之前每個女孩聽到他家死人的事情，不外乎都是驚呼再加上露出悲痛的表情。

但是一點幫助都沒有……

「是擾擾妖。」何清芸一臉正經地說著，「雖然我看不見，但我就是知道，他們就跟在你旁邊。」

「哦？」段長樂有些好笑地看著很明顯是在胡謅的何清芸。

身為妖異，世上有沒有擾擾妖這妖異他還會不清楚嗎？

被段長樂這麼一看，只是突發奇想的何清芸頓時有些尷尬，但還是故作鎮定地挺起胸膛，將故事編完。

「擾擾妖，會讓人心情莫名低落，做什麼事情都提不起勁，彷彿心靈空了好大一塊一樣。」

看著這不擅長說謊的何清芸越說耳根子越紅，段長樂也有了惡作劇的想法，他隨口問著：「那要怎麼把擾擾妖趕走呢？」

段長樂看著低頭苦思的何清芸，正想跟她說自己只是開玩笑，世界上沒有這種妖異的時候，他看見她突然從位置上站起，大步朝自己走過來。

在段長樂困惑的表情中，何清芸一把將人擁入懷裡。

被溫暖的大擁抱抱著，段長樂的鼻尖全都是檸檬味的清香，那瞬間他宛如又再度聽到了滴答滴答時間繼續向前流動的聲音，也才感受到自己的身子有多麼冰冷，那個懷抱有多麼溫暖。

段長樂愣住了，他從沒想到何清芸會突然抱他。

何清芸鬆開手後快步地走回原本的位置，還用手用力揉揉自己的雙頰，好來掩飾通紅的臉。

段長樂看著主動抱人的比被抱的還要害羞的何清芸，失笑著問：「趕走擾擾妖了嗎？」

「趕走了。」何清芸故作正經地說著，「以前我媽媽過世的時候，爸爸就是這麼幫我趕走的。」

「我可沒這麼脆弱。」段長樂無奈地搖搖頭。

「可是很有用不是嗎？」何清芸看著終於有點活妖樣子的段長樂，笑彎眼。

「謝謝妳。」段長樂手指輕觸著杯緣，他這回終於能感受到裡頭熱茶的溫度。

對於生命漫長的妖異來說，四十年只是一眨眼的事情，但是對於人類來說四十年或許就是大半的人生。

「妳老了。」段長樂如以往一般，到何清芸家蹭著泡得恰到好處的熱茶。

他看著何清芸從一名年輕窈窕的女子，經過四十年的時間，現在已頭髮花白，臉上還多了些皺紋，唯一不變的是那雙無論什麼時候，都閃爍著自信的清澈眼睛。

「是人都會老。」何清芸見好友第一照面就給自己來這麼一擊爆擊，沒好氣地翻了翻白眼。

你以為每個人類都能跟你一樣永遠不會老嗎？

認識了這麼久，段長樂那張臉還是如同剛認識那般年輕俊美，就好像時間永遠被按下暫停一般，不公平。

段長樂看著何清芸一年比一年更加衰落，倒是沒有說出希望她不要離開自己這種矯情的話。

「咳咳咳……」已經七十多歲的何清芸有些難受地拍拍胸口，努力將那口下不去也出不來的老痰給拍散。

「給妳。」

段長樂掌心中放著的是一塊透著藍光，隱約還能看見波紋流轉其中的巴掌大小鱗片。

「腦子病了？」

何清芸見到那鱗片直接傻了眼，看在多年情誼下她才沒直接質疑對方是不是瘋了。

段長樂身為蛇郎君，他所能拿出來的鱗片也就只有那塊於七吋位置的蛇鱗，傳聞蛇郎君若是鍾情一名女子，便會以自己命門的蛇鱗作為聘金求娶。

所以蛇郎君的鱗片有一種更為通俗的稱呼，那便是「老婆本」。

只要得到蛇鱗，那麼便能得到蛇郎君的庇護，這說法也是從這衍伸而出。

不過段長樂這時候把自己最重要的蛇鱗拿出來是什麼意思？

她都七老八十滿身皺紋了才想到要求娶，外頭那成天繞著他轉的年輕女子全部都會哭出來啊！

從何清芸警戒的眼神中，段長樂讀出非常多複雜的情緒，他只能笑著搖搖頭表示自己對她半點意思都沒有。

「放心，我對妳半點意思都沒有。」

「……為什麼我只覺得心情更加不爽。」

忽略何清芸那下一秒有可能會因為自己又說錯什麼話衝過來咬他的憤恨表情，段長樂拉過她的手將蛇鱗放了上去。

「妳命格有所缺陷。」

段長樂在見到何清芸第一眼的時候，就發現了對方這個問題，那個缺陷正巧能導致她成為別人口中的災星。

正所謂做什麼事情都不順，跟誰在一塊兒或靠得比較近都能牽連到對方。

「我知道。」何清芸沒所謂地聳聳肩。

反正她倒楣也不是這一兩天才發生的事情，這輩子以來早就習慣了。

「拿著這鱗片或許能稍微補全一些。」

至少能讓妳最後的十來年，過點正常人的日子，別總是走個平地都能有磚頭從天空落下砸破頭。

「我不要。」何清芸將蛇鱗塞回段長樂的手中。

在段長樂不解的目光中，她嘿嘿一笑，「長樂，我就快死了。對於你們妖異來說，我剩下的這十來年，可能是一眨眼的事情。東西給了我，很浪費……」

「我不覺得浪費。」段長樂仍要何清芸將蛇鱗收好。

「你以後要把自己珍貴的老婆本，給真正想好好珍惜的女孩子。而不是我這種下一步就要踏入棺材的老太婆。」

段長樂看著就算臉上布滿皺紋，仍笑得像個少女般的何清雲抿抿唇，接著又瞧見她獻寶似地從自己房間抱出一團布，絨布中間裹著一個皺巴巴的生物。

「什麼東西？」

段長樂看著河清芸懷中那臉上還有著細毛，眼睛緊閉，嘴巴不停巴咂巴咂像是在吸允東西的小嬰兒問著，「哪裡撿的？跟妳一樣皺皺的。」

何清芸：「……」

什麼叫做跟她一樣皺皺的，少說點話會死是不是！

「我可愛的孫女。」何清芸也不管段長樂願不願意，一把將小女娃往他的懷裡放去，迫得人只能伸手抱住。

懷裡的小女娃五官皺了皺，段長樂以為她正要大哭而將求救目光投向何清芸的時候，只見女孩只是睜開了烏黑的雙眼，靜靜看著自己。

段長樂只瞧了一眼便開口道：「命格有所缺陷……災星，離她近的都會倒楣。」

「我知道。」何清芸想到自己孫女以後會面臨跟她同樣沒人愛的困境，不禁嘆了口氣。

感受到頭髮被拉扯，段長樂一看發現小女娃已經抓著他的頭髮往嘴巴裡塞，伸手將頭髮搶回來，那女娃也不惱就只是睜著眼睛好奇打量他。

再次抬頭和何清芸對上眼時，段長樂對於對方在拒絕自己的蛇鱗後，把同樣是災星的孫女抱給他看的目的，也有了一些名目。

「妳希望我把蛇鱗給她？」段長樂合理猜測。

原本以為對方會毫不客氣點頭的段長樂這回猜錯了，何清芸搖搖頭，她看著自己咯咯直笑的孫女彎彎眼道。

「我希望你可以在小蘇舒需要的時候，給她一個機會。」

「長樂，希望你能喜歡上人類。雖然我們的生命短暫，但卻會竭盡所能地去綻放花火。」

室內的兩個大妖聽完段長樂的故事後，全都無奈呼出口氣。

就陸亦清和許鹿所推論，段長樂當初應該是喜歡何清芸的，只是估計對方過於滑溜，到了最後就算段長樂只是單純希望對方能再活久一點，也依然被拒絕，反而希望他以後能多看照一下自己的孫女。

「所以我只是給了蘇舒一個機會。」段長樂喝了口茶潤嗓，「而她很好地把機會握住，而且做得過分的好。」

原本還聽得雲裡霧裡摸不透過分好是什麼意思的許鹿，不一會兒就發現了一點貓膩。

不會吧……

他和放下茶杯的段長樂先是看向了突然不說話的陸亦清，接著兩妖又同時把視線瞥向了正在站廚房門口一副若有所思的方嶺。

「你們倆都喜歡上蘇舒？」許鹿直接問了出來。

陸亦清被這麼一問，臉皮薄的他臉上立刻被染上紅暈，就連耳根都一片通紅。更別說他手下努力按著的尾巴尖尖搖擺得有多麼歡快，毫不保留地顯現主人現在飛躍的心情。

方嶺則是直接看著段長樂問道：「你說的故人會歸，她就是那個故人對嗎？」

對於這個問題段長樂沒有給予正面回應，他則是看著茶水慢慢升起的熱煙道：「現在是與不是還有關係嗎？」

「你們都想好了愛上人類的後果？」

段長樂說完的同時，除了挨個看過輕抿著唇的方嶺，跟還在與自己做思想戰鬥的陸亦清外，最後他還特別看向進了室內，都不捨得將圍巾從脖子上移開的許鹿。

人類在短短的一生中會綻放出讓人移不開目光的絢爛光火，所以喜歡上人類也是理所當然的吧！

段長樂這時候完全明白了蘇舒奶奶永遠闔上眼那天所說的話。

氣氛一時間陷入膠著的時候，蘇舒笑盈盈地從廚房走出來，手裡還端著兩大盤沾著水珠子的蔬菜。

也不愧都是上了百年的老妖怪，一見到女主角出現，大夥立刻該笑就笑，該面無表情就面無表情，立刻將氣氛又調整回了原樣，半點異常都沒讓現場唯一的人類沾染上。

熱騰騰的鍋子裡頭放進去滿滿的蔬菜，包著特別餡料的丸子，一大片一大片肉塊和雞腿就這麼扔進去。

湯頭滾得啵啵作響，香氣跟熱氣頓時盈滿整個空間。

吃著飯，喝著熱湯，飯後大家小聊片刻的時候，蘇舒的手機收到了來自林莉和徐寧寧的拜年。

兩人皆傳了和家裡溫馨的合照，林莉的弟弟被拍照的時候還露出了一副不情不願的模樣。

徐寧寧的照片則是看得出他們一家人正在高山上遊玩，照片的背景放眼望去一整片山林，夜空中布滿星斗。

「照片背景挺好看的，這是徐同學？」許鹿瞥了眼認出照片上那雙手比著「耶」的女孩。

「對呢！寧寧每年過年都會全家出遊。」

「這是林莉？呵……居然在家裡偷偷養著妖異。」

段長樂一眼就看見林莉照片中，那躲在角落怯生生探著頭，一副想入鏡但又害羞的小妖異。

看著朋友的全家福，其實蘇舒有一點點羨慕，她看了周邊一圈後決定，「來，倒數三秒！」

向來有什麼想法就幹點什麼大事的蘇舒馬上舉起手機，眾妖也很有默契地朝鏡頭望去。

「完美！」

一連拍了三張的蘇舒喜孜孜地點著頭，她覺得今年是最棒的一個年！

吃飽飯正窩在棉被裡，查著台灣妖異傳說，看看能不能更輕鬆解決妖異事件的林莉，看到蘇舒傳來的照片後，心頭的不甘心頓時爆發出來。

一、二、三、四……四個！

居然能跟四個好看的男人拍照，更別說肯定還一起工作，這工作福利也太好了一點。

可惡！妖異園區不知道什麼時候才會再招募人類保育員！還是該找個機會把蘇舒幹掉？

羨慕地用力垂了垂床，林莉立刻研究起照片中那四個人，分別是什麼妖異化人。

「那一臉傲嬌高冷的我記得是玄貓，美得不像人類的好像是最近風頭正旺的蛇郎君，後面那個頭髮挑染的很好看的沒見過，渾身帶著斯文書生氣息的……」

原本想要把享受齊人之福的蘇舒偷偷幹掉，好頂替她位置的林莉，不知不覺就沉浸在了推測妖異真身的小世界中。

且林莉為了在下次跟蘇舒確認時得到一個滿分的好勝心中，猜測得樂此不疲。

蘇舒不僅給林莉傳了合照，連徐寧寧那邊也不例外得到照片，還附贈蘇舒得意的發言。

「妳快看看合照！都是帥哥。」

看到照片，原本正悠哉地看著山景的徐寧寧，一口熱可可直接噴了出來。

她邊咳著邊發訊息，嚴肅地質問著蘇舒。

「我就只想問妳，許鹿老師為什麼會在妳旁邊？」

第十一章　蛇郎君的眼光好

天氣微陰微涼，就算已經年後仍讓人感覺到寒冷，更別說這節骨眼還往山區跑，冷得蘇舒每一次張口都像蒸汽火車般，帶出連串的白霧。

將圍巾往臉上拉了拉，讓吸入鼻腔的空氣暖和點，蘇舒想起今天被徐寧寧指著照片逼問一整天的開學日仍感到無奈。

都已經過了一週，寧寧還是不相信許老師只是恰巧到她工作的地方去作客。

好吧……要是她也不會相信，連蘇舒都覺得自己的理由很敷衍。

更何況老師今天上課的時候，還圍著她送的圍巾走進課堂，其他同學或許不清楚，但身為知心好友的徐寧寧，怎麼可能認不出那條如此眼熟的圍巾。

徐寧寧看看那條圍巾，再看看好友一臉佯裝鎮定的臉，再確認地看看圍巾那小邊角用藍線縫補成一個笑臉的圖案，再看看好友越來越繃不住的表情。

「坦白從寬。」

經不住審視的目光，蘇舒忍不住伸手擋住那將自己看個赤裸的毒辣目光。

「什麼時候好上的？」徐寧寧瞇了瞇眼。

她怎麼都不知道自家好友這麼有魅力，一個年不見就把全校人氣最高的老師給拐跑了呢？

「才沒好上，只是不小心遇見。」蘇舒挑了最容易理解的方法說明。

「然後不小心圍巾就在老師的脖子上，還天天帶著上下課？」徐寧寧滿臉不信任。

「那天月黑風高，漫天白色飛雪許老師衣衫單薄，蹲在路邊……走在路邊瑟瑟發抖，於心不忍之下我就捐了條圍巾，別的沒了。」

徐寧寧：「……」

台灣平地氣候哪來的漫天白色飛雪？然後還可以被妳遇見，穿著單薄就敢挑戰嚴寒飛雪氣候的老師？

在台上聽到自己居然被蘇舒這麼說，一時間粉筆都差點沒拿穩，許鹿輕咳著希望台下看著在他背後竊竊私語打量的兩人，能稍微收斂一點。

他怎麼就不知道自己衣衫單薄了？許鹿聽著蘇舒形容的口吻，就好似在遇上她前自己曾被人打劫一般

經過一番解釋，徐寧寧終於相信蘇舒真的只是碰巧遇上老師，碰巧給了他一條圍巾，又碰巧除夕夜合影了一張，而開學老師也碰巧繼續掛著那條藍灰色圍巾。

我信妳個鬼！徐寧寧直接在內心翻了大大的白眼。

要是被學校其他女同學知道她們心目中男神身上，跟一位女同學一口氣發生了如此多的碰巧，那畫面怎麼想都很有趣。

蘇舒怕是會直接被從頂樓推下去吧……

「求不說。」

蘇舒用求不殺的語氣，希望徐寧寧能饒過她這回，庇護她別死在其他女同學的手上。

走在山林間，撇開了徐寧寧直到放學依然將眼神放在她和許老師間遊走的模樣，蘇舒從口袋拿出她研究一整路的保育員新任務。

「虎形山發生點事情，虎妖們要巡山驅離不速之客。」離開園區前段長樂對著蘇舒說道。

蘇舒聽到段長樂的描述，腦中馬上列舉了幾項自己可能要做的事情，「幫忙驅散？」

聽到她這麼猜測，段長樂直接樂笑了。

「妳要拿什麼去驅離？」

上次地牛和金雞用猜拳，幾個月過去依然把兩個單純的小朋友唬得一愣一愣的，老虎妖的話……逗貓棒？蘇舒仔細分析後認為老虎應該跟大貓咪本質上沒有區別。

這麼想著的蘇舒完全忽略老虎妖是負責驅離別人，而不是被驅離的那個。

段長樂原本只是打趣問著，結果沒想到蘇舒居然表情凝重，似乎真的在思考她該用什麼方法幫忙驅離外族，讓他趕緊輕咳了一聲，將她的注意力拉回，別再想一些白送頭的事情。

「這回不是幫忙將外族趕出虎形山，他們愛佔位置就讓他們去，我們保育員可不管大妖。」

「只要不影響妖界或是人界，隨他們打、隨他們劃地盤。」

「這次他們委託保育園區的保育員，希望在他們完成驅散目的之前，能夠擔任照顧者的角色，替他們暫時照護小老虎妖。」

聽到這，蘇舒馬上就想到了被墨山送來後吃好睡好，現今不知道跑去哪塊草地撒野的墨紜。

「他們不把小妖送來嗎？」

她記得如果大妖臨時有事情，或是族裡出現什麼變故的話，都會親自把小妖異帶來園區。

「太多了。」

太多了？

知道蘇舒不了解他所說的多有多少後，段長樂輕笑道：「妳到時候看見就知道了，跟虎形山的傳說有關係。」

最後段長樂語重心長地跟蘇舒交代，「最近山里有魅出沒，注意安全。」

「最近山里有魅……」

走在山林間，手裡捏著她整理出來有關虎形山傳說的蘇舒，腦中仍浮現段長樂說山里有魅的那句話。

要她沒認錯的話，段長樂所說的「魅」應該泛指山魅，類似於之前轟動一時的紅衣小女孩，或是屬於妖異一部分的人面魚、虎姑婆等等。

總之如果真的遇上，提前繞開應該就沒問題了……吧？

「這次工作首要就是將老虎妖的子嗣妥善照顧，直到他們完成驅離任務回來。」蘇舒最後總結了一下任務需求。

虎形山老虎妖有著諸多的傳說，其中有一說老虎妖出沒於劍潭山，經常在晚上出沒於山腳下，不僅不吃人作祟，甚至還會幫忙居民喝退匪徒，為了避免嚇到居民一見人便會消失得無影無蹤，不像其他傳說中的老虎那般具有威脅性。

據說這隻老虎妖就是虎形山的化身，不僅山形像虎，連樹木所形成的顏色都像老虎的斑紋。

換做一年前的蘇舒，她可能會去相信傳說中那隻老虎妖是虎形山的化身，守護著當地居民。

但是現在結合段長樂說的「很多」，蘇舒覺得虎形山老虎妖的單位肯定不是一隻這麼容易。

而且要引發兩個派系的鬥爭選出下任領導者，肯定不是一兩隻老虎妖能做到的。

就是不知道什麼情況下能多到連樹木都是老虎的斑紋……

蘇舒推測只有兩種可能，一種老虎妖體型大到可以覆蓋住整座山林樹木，第二種族群數量滿山滿谷的多。

很快蘇舒就徹底明白，段常樂說牠們數量多到無法送來保育園區託管是什麼情況。

「……」蘇舒伸手揉揉眼睛確定自己沒看錯。

整座山頭滿滿一雙雙黑色眼珠子同時睜開眼睛看著自己的微妙感，諒是蘇舒早有心理準備都還是被嚇了一大跳，密集恐懼症差點直接發作。

數不清各式花樣的老虎妖盤據山頭，雖然全都慵懶地在曬著太陽，但同一時間全部目光往她身上射來的那種屬於老虎的威壓感還是十分震撼。

嚥了口口水，蘇舒將老虎兩兩一組配對，接著設想每一對老虎一胎能生下三隻小老虎，然後每隻老虎都跟墨紜一樣能從嘴巴射出點什麼東西……嘶——

這次的工作原來這麼硬……

「我可以做到的。」拍拍自己的臉頰，蘇舒給自己打氣。

就在蘇舒要靠過去和虎形山大妖打招呼，而沒注意到後方情況的同時，一道黑影突然從她的腰部一掃而過。

後腰口袋一輕，蘇舒馬上轉身就朝那快速往森林裡頭竄去的黑影追過去。

糟了！鱗片！

努力追尋著黑影的同時，路過某一露營區，蘇舒仍不忘向跟著她一同上山，此刻正在參加大學營隊的徐寧寧打招呼。

「寧寧，營隊要玩得開心。」

「嗯喔！蘇舒？」

正逮著獨處機會逼問紅豆餅小哥墨山和自家好友的紅豆餅之遇後續發展的徐寧寧，只聽聲音下意識地應了句，一眨眼蘇舒便跑得沒影。

什麼事情這麼著急啊？

不光是徐寧寧摸不著頭緒，就連大妖如墨山都還沒來得及反應，只有眼尾餘光瞥見蘇舒的背影，以極快的速度消失在遠方樹叢間。

皺著眉墨山的鼻子輕輕地抽了抽，除了屬於蘇舒的清爽味道之外，還有一絲絲妖異的臭味。

同樣對於最近鬧得沸沸揚揚的蛇郎君蛇鱗歸屬問題略有聽聞的墨山，一聞到不熟悉的氣味，他立刻就追著蘇舒而去。

氣味搭配上她跑得這麼著急，墨山第一個想法就是出事了。

要是她在他眼前出事，他一定會被保育園區那幾個小心眼的扒皮遊街示眾！

追過去的同時他轉過頭對著徐寧寧吩咐：「你找一隻野貓，讓牠找到陸亦清說蘇舒出事了。」

「哈？」

還沒來得及讓徐寧寧問出任何話，墨山的身影轉瞬間就消失在了她面前。

找貓？什麼玄學？

她只聽過有貓咪走失可以請其他貓咪幫忙找，怎麼不知道連人在山裡走失都可以請貓咪幫忙。

貓咪在她不知道的時候，已經演化成搜救小能手般的存在嗎？

雖然心裡很多吐槽，但是徐寧寧還是拿起手機準備打電話幫忙找人。

找一隻貓，她還倒不如找一頭鹿幫忙。

沒記錯的話，蘇舒好像猜測他是梅花鹿？

* * *

「所以……你圖什麼？」

有著深藍色短髮，耳朵上有著黑色耳釘，眼尾有些上挑，薄唇輕輕勾起，臉上還有副眼鏡的夜安平打趣的問著。

「這是我該問的問題。你搞什麼？」

段長樂看著眼前一身休閒服裝，慵懶地坐在椅子上，一臉標準斯文敗類的人，手指輕敲著桌面，要其給個說法。

他還想說陸家哪來的本事可以知道他將蛇鱗給出去的消息，還處處找蘇舒的麻煩，原來都是

「自己人」給的情報。

山莊中的一幢別墅中，在頂上吊著水晶燈，長桌上擺滿可口菜餚的客廳，兩位蛇郎君互相挑眉看著彼此，誰也不退讓。

「本該生活恣意的蛇郎君，怎麼會想要去當保母呢？我很好奇。」夜安平彎了彎眼。

「說了你也不會明白。」段長樂壓根就不想和眼前這只想挖苦他的人詳談。

「這樣啊……」夜安平沉吟了會兒後，開始自己的猜測：「肯定是因為某天你意志消沉的時候，有人和你說了一些話。」

「讓你意志消沉的原因，嗯……很要好的朋友死了。」

段長樂：「……」

「然後遇上的那個人是個姑娘，讓你清醒過來？」

「段長樂，你跟一百年前一樣好猜，什麼事情都寫在臉上。」夜安平輕笑了兩聲。

雖然別的妖異總說蛇郎君中有兩妖千萬別惹，一個是他另外一個是段長樂，其他妖說這兩大妖幻術無邊而且陰晴不定，你永遠猜不到他們在想些什麼。

可夜安平覺得段長樂這傢伙其實挺好懂的，瞧現在他不過試探性地問了幾句，就已經把前因後果給猜得七七八八。

為了阻止眼前這在心靈探討層面十分有一手的夜安平繼續胡亂猜，段長樂嘆了口氣決定自己說出來少點傷害。

「她說要是所有妖異都能順利長大，那麼或許有一天化人的妖異能夠正大光明的和人類生活在一起，再也不怕被識破。」段長樂說著當初何清芸那段，讓他立下要成立保護園區的一番話。

何清芸還說或許真有一天，妖異都能正大光明出現在人類社會，和人們和樂相處，而不是人人看到都想尖叫逃跑的存在。

「哈哈哈哈——被識破會如何，變成青蛙嗎？」

夜安平噗哧笑了聲，他覺得會被人類看穿的妖異根本修行不到家，就別外出丟人現眼。

被識破變成青蛙是什麼梗？段長樂看著說起他所不知道的段子的夜安平，就想起了那會把妖異成妖當作寶可夢進化的蘇舒。

想那次蘇舒從玄貓成妖宴回來後，陸亦清可是轉述現場情況講得拳頭都硬起來呢！

「在想蘇舒了？」夜安平看到段長樂的表情一頓，立刻意識到他又說對了，「既然這樣讓你看看吧！」

段長樂擅長的幻術是將物體幻化出來，而夜安平擅長的幻術則是追蹤，他可以將身上留有他標記的人之影像投影出來。

「順便讓我好奇一下，得到蛇鱗的是怎麼樣的一個人類。」

「你感覺特別在意我的蛇鱗去向……想要？」段長樂猶豫一下後問著。

聽到段長樂這種曖昧不清的說法，夜安平呿了聲：「誰在乎你的鱗片給了誰，噁心。」

「你的行為沒什麼說服力。」

嘴巴上說著不想要他的蛇鱗，但是卻處處告知別人蛇鱗的下落，人類有一句話是這麼說的。

「嘴巴上說不要，但是身體卻很誠實？」段長樂說著這話的時候，也露出了一個嫌惡的表情。

任誰被一條男蛇惦記上肯定都會覺得噁心，段長樂作為另一條男蛇感覺更加的鮮明。更何況妖妖都知道蛇郎君的蛇鱗意味著什麼，那可是聘金般的存在。

「……」夜安平露出一副快要吐的模樣。

見噁心對方一把成功的段長樂環著手問：「你欠了陸家什麼？」

就他所知，夜安平這傢伙早就把自己的蛇鱗給了一個身世可憐的女孩，完美地完成了蛇郎君的傳說，給了女孩家人大筆的財富。

不過數年過去他倒是再也沒看見那聲音軟糯糯的女孩出現在夜安平身邊。

誰也沒有多問，大家都知道那孩子估計死了。

人類的壽命在妖異眼中不過就是一閃而逝，夜安平這傢伙在女孩死後居然也沒有把蛇郎君一生只有一片的蛇鱗取回，反而讓蛇鱗和女孩葬在了一起。

其他人或許不知道，但是夜安平清楚那女孩壓根就沒被當作女兒嫁給他，而是作為一個商品出售。

在家裡吃不飽穿不暖做著最粗重的活，還時不時得挨打，就連夜安平去將人「迎娶」回來的時候，也只剩下最後一口氣。

想到將蛇鱗和女孩一起葬下時，漫天大雨將鮮花打落，一片泥濘之下只有他和她，夜安平的眼裡難得出現了一絲暗沉。

他希望她從今以後再也沒有病痛，就算在地下也一樣，因此他沒有將蛇鱗取回，期望她長眠的時候能做一個擁有萬貫財富永不挨餓受凍的美夢。

「我沒欠陸家。」

夜安平撇撇嘴後，又恢復了那副滿臉打趣看好戲的帶笑模樣，先前的傷感就如同錯覺一般。

聽著夜安平的話段長樂馬上就捋清了思緒，他猜測對方或許就想知道，又一個蛇郎君是因什麼原因栽在人類的手裡吧！

「我只是很好奇，幾百年沒見你對誰這麼上心過，居然直接就將蛇鱗給了……新同事？」

夜安平語落後，蘇舒的身影出現在了眼前。

畫面中蘇舒正奮力地穿梭樹叢間，無論多少樹之擦過臉，在肌膚上留下一道道紅痕，都沒讓她緩下腳步。

看著畫面中那強裝鎮定的少女，夜安平不以為意地哼了聲。

像是得到指令般，夜安平輕哼過後，原本只是吊著蘇舒的山魅突然發難，山魅倏地轉過身發出尖銳的尖叫後，便朝蘇舒撲了過去。

「你！」段長樂眼中的瞳孔突然變成豎瞳，散發冰冷的氣息，「你敢動她……」

「怎麼，要打嗎？」夜安平眼鏡後的雙眸微瞇，「反正她一定會躲開的，然後被嚇得放棄拿回蛇鱗。」

她不會。

段長樂第一時間就知道蘇舒一定不會躲開，她一定會信守承諾把他給她的東西保管好。

她就是這樣的一個姑娘。

結果如段長樂所料，為了避免自己側過身閃躲的時候讓猴妖趁機從她的眼中消失，蘇舒乾脆任其在她的右手腕上咬了一大口，左手則是試圖去搶猴妖手裡攢著的鱗片。

手上雖然沒有想像中那血淋淋的傷口，但是蘇舒感受到的確實是實打實的疼痛，就宛如整個手腕泡到冰塊水中般寒冷刺痛。

哐啦——

段長樂看到蘇舒硬生生被咬了一下，手腕上馬上覆蓋住黑紫色的氣體，那手也肉眼可見的紅腫起來，他一把將餐桌上的菜餚揮到地上，盤子碎裂湯水飛濺。

「夜安平！」段長樂的身後出現一條蛇尾的虛影，一下一下地甩在地面，顯示著主人現在的情緒瀕臨極點。

夜安平則是眯了眯眼，身子半點都沒移動過，仍看著畫面中女孩努力搶蛇鱗的行為。

為什麼不躲？傻了嗎？

啪！

段長樂的尾巴直接甩了過去，夜安平的動作也不慢，他翻身下椅，接著輕巧的用手臂擋下那一擊。

「幾年不見脾氣一樣暴躁呢！這女孩就這麼重要？」

嘴巴上輕浮的調侃，夜安平的蛇尾也直接甩了過去，直揮得桌面和地上一片狼藉。

兩人一來一往誰也不讓誰的時候，原本關得死緊的餐廳大門突然被推了開來。

「安平！」

一個穿著水藍色洋裝，有著一頭棕色波浪大捲髮，年約二十來歲的女子小跑了進來，她完全無視了地上的湯湯水水，漂亮的公主鞋也更是直接從菜渣上踩過。

她一把撲入了夜安平的懷中嬌呼：「安平，你說要給我的蛇鱗呢？」

跟著來的陸明軒靜站門口，看著自家小姐露出寵溺的笑容。

喔？段長樂看到女子靠近夜安平的時候，那小子很明顯地露出了一閃而逝的厭惡表情。

難不成不是因為好奇蛇鱗給了誰，想看看對方有什麼樣的能耐，而是因為有把柄在陸家？

段長樂一更改自己的猜測，隨後馬上就得到了正解。

陸花鈴窩在夜安平的懷裡，笑得一臉甜蜜的她說出讓人最寒心的話，「要是再慢點，屍體或許就被我挖出來了。」

「就快了。」夜安平撇過頭，忽略那在自己胸口戳著的不安分的手。

「要是再不快點帶著蛇鱗迎娶我，或許挖土機挖的時候會從身子中間切過去呢！」陸花鈴笑彎了眼睛，嘴裡發出銀鈴的輕笑聲，宛如那佔據夜安平的女人，只被挖出來一半的畫面有多麼令她樂不可支一般。

會不會有很多的蛆蟲從身體中央掉出來呢？

哦！她都忘記了，人已經死了好久好久，說不定連骨骼都給土吸收了，什麼都挖不出來呢！

「陸花鈴……」夜安平不滿地壓低語氣。

「如何？」陸花鈴一點都不畏懼的揚眉，「要是不樂意，我就把那女人的屍骨挖出來，找條水溝扔了。」

看到兩人的互動，段長樂輕輕地搖搖頭，他突然有些同情夜安平。

守著一副枯骨，到現在還要活在別人的手中，算計同族惹得自己一身腥，他都為他覺得不值。

「自己去挖出來，遷墳？」看人已經被懷裡的女人弄得身心疲憊，他都不忍心再欺負下去的段長樂，拉了張椅子隨口提議著。

「說什麼呢！我家後院山靈水秀，葬在那可是能讓之後每一輩子都過上好日子呢！」陸花鈴一臉得意地接著道：「更何況那女人還命格缺損，保不濟投胎後命格還是缺損，更不用說還想換地方葬。」

「估計會連投胎作為人的資格都沒有。」陸花鈴說完後冷哼了聲。

到此段長樂完全理清了夜安平和眼前這女人之間理不清的愛恨糾葛，簡單來說就是夜安平不小心把自己心愛的女孩葬在了陸家領地，偏偏這地方還是個風水寶地。

讓夜安平挖也不是，不挖也不是。

眼前這女人陸花鈴估計還以那女孩的屍骨作為要脅，脅迫夜安平將蛇鱗拱手送她還得迎娶她。不然她就讓那屍骨暴露荒郊野嶺，也不用談有個全屍安葬。

揉揉額角，段長樂越看越替夜安平感到難受，他無奈地嘆口氣道：「夜安平……」只喊出了對方的名字，段長樂想了想還是不知道這時候自己應該說些什麼，話尾只剩下長長的嘆息。

死守著以前的愛情，還必須卑微地為別人做嫁衣……唉。

「蘇舒！」

「蘇舒！」

「蘇舒。」

在場面只剩下段長樂欲言又止的輕聲嘆息，還有陸花鈴滿嘴叨絮不止的聲音時，突然有三個男聲闖入了已經夠亂的餐廳。

「玄貓、婆娑鳥，還有白鹿？」夜安平一把推開了膩在他身上的女人，看著闖入的不速之客。

他目光從陸亦清開始到方嶺都還能理解，只是當看到了白鹿也出現在場時突然又有點打結。

前兩位都是大名鼎鼎的保育園區保育員，不過那白鹿為什麼會出現在這裡？

他剛剛沒聽錯的話，那三人都是喊著畫面那姑娘的名字。

「這幾位是？」夜安平問著表情變都沒變的段長樂。

「妖異保育園區的保育員。」段長樂這麼說著的同時，目光和夜安平一起落在了顯然不屬於保育員的許鹿身上。

「剛入職的保育員。」許鹿尷尬半晌後，立刻為自己找了個冠冕堂皇的職缺。

許鹿稍早接到來自學生的電話，聽到蘇舒消失在虎形山後，他馬上就跟著白鹿的印記追蹤到這個地方。

方嶺和陸亦清也是聽山裡的野貓和小鳥說有一火轝滿山在找他們，這不起眼的線索讓他們倆馬上就聯想到，那總是笑得沒心沒肺一臉傻樣的蘇舒。

「你們就為了這個傢伙？」陸花鈴看著在螢幕上跑得氣喘吁吁，穿著運動上衣運動褲，渾身沒什麼特點的女高中生撇撇嘴，「也不怎麼樣嘛！」

就這個普通的傢伙可以勞師動眾這麼多帥哥？她看看一、二、三、四……

陸花鈴環顧了圈在場各有各的姿色和特點的帥哥們，再看著投影中跑得剩下一個背影的馬尾女孩。

真普通……

陸花鈴目光一轉，身子一軟又靠到了夜安平的身上，她對著在場眾人宣布。

「你們大妖齊聚正好可以見證我和蛇郎君的婚禮。等我拿到蛇鱗之後……」

「哈？」

拿到蛇鱗和蛇郎君結婚不就意味著……段長樂要娶這個感覺上不了廳堂下不了廚房，總認為世界圍著她轉的女人？大家將目光射向段長樂，紛紛露出一臉你瞎了不成的傷人表情。

「不是我娶。」段長樂朝夜安平的方向側了側頭。

你瞎了不成？眾人從善如流的將鄙夷的目光投向另一個蛇郎君。

夜安平：「……」

「不過如果帶著蛇鱗，你娶也不錯。」陸花鈴美瞳流轉馬上打量起段長樂。

這邊這個蛇郎君也不錯，況且聽說蛇鱗的主人也是他，如果自己拿到了他的蛇鱗，再用那女人的屍骨控制著安平，她不就可以一次得到兩位蛇郎君？

兩個俊男在懷，左擁右抱，日子一定美滋滋的！

當陸花鈴美滿幻想著的同時，餐廳門又被人砰的一聲撞開。

這回率先竄入的是一隻趁亂摸走蘇舒放在口袋蛇鱗的猴妖，猴妖敏捷的將手裡半個巴掌大小，有著藍光流轉的蛇鱗交給了女主人陸花鈴。

猴妖轉過頭發現所有大妖都瞪著他瞧，灼熱的目光近乎要把牠燒穿，牠吱的一聲馬上跑開。

「真美。」陸花鈴將手裡的手鱗就著水晶燈，一臉癡迷地看著，滿足的鑑賞後她看向段長樂開口：「自古得到蛇郎君鱗片的便是接受蛇郎君的求娶。」

「作夢。」段長樂絲毫猶豫都沒有。

他之所以沒有馬上將鱗片從女孩的手裡拿回來，只是因為他想看看這姑娘還有什麼新奇的想法，可以給他大開眼見。

順便給他一點時間想想要怎麼才能幫夜安平一把，雖然他和夜安平連朋友都稱不上，不過他也不想看著族人如此失魂落魄卑微地活著。

只為守著一具枯骨任人類擺布。

段長樂略為沉吟後手指輕點，為夜安平算上一卦，隨後他馬上被自己所算出來的結果給驚得一愣。

「為什麼！」陸花鈴眉頭一皺高聲問著，「以往蛇郎君求娶的都是我輩族人，而我是陸家最優秀的女子。」

陸花鈴驕傲的話才剛說完，所有人便聽見門口傳來了另一個氣勢絲毫不輸的女聲。

蘇舒跑進來後，也顧不上自己氣都還沒喘勻直接開口便懟了回去。

「我還說我是蘇家最傑出的才女呢！」

「歷年蛇郎君都是求娶……」

「可惜這次蛇郎君求娶的是我！」

蘇舒用著氣勢一股腦兒將話說完後，頭一抬便對上了段長樂那看著自己眨呀眨的眼睛，顯然也很訝異她居然會在「新郎倌」面前說出這麼大膽的話。

「哈哈哈哈——」段長樂愉快地輕笑著，不愧是蘇舒，從來沒讓他失望過。

就連夜安平在聽到追來的女孩這麼大膽的示愛，卻彷彿不知道自己說出了多麼驚人的話的傻樣子，也忍不住輕笑了聲。

「咳咳咳……」

相比段長樂和夜安平的愉悅，陸亦清和後來追上的墨山只覺得他們一口口水差點直接吞到肺去。

這笨蛋知道自己在說些什麼嗎？一貓一羌同時揉起自己的太陽穴。

然而後知後覺才發現自己究竟說了什麼的蘇舒，只感覺她的臉上熱得像要冒煙一般。

「他又是？」夜安平看向闖入的二人。

這回沒看走眼的話是一隻火犨？這姑娘去哪裡招惹這麼多大妖為自己出頭。

「保育園區的……實習生。」墨山輕咳了聲後，也馬上為自己安插了一個合理的位置。

雖然園區員工突然間一口氣多了一隻白鹿、一隻火犨，但段長樂迎上夜安平詢問的目光時仍半點退縮都沒有地揚揚眉，一副我們自己人就是這麼多你有什麼辦法的模樣。

「蛇鱗還我。」蘇舒看著緊握蛇鱗的陸花鈴道。

雖然她不知道這蛇鱗究竟有什麼吸引人的魅力，但她就是看不慣一個陌生人這麼理所當然的佔著段長樂給她的東西。

那可是她的蛇鱗！

「不還妳又能如何？誰拿到就是誰的。」陸花鈴揚楊眉嘴角勾出一個嘲諷的弧度。

誰拿到就是誰的，蘇舒差點被這麼幼稚的想法氣笑。

她也確實笑了，她展唇笑得一臉燦爛，接著人直接朝陸花鈴衝了過去，在所有人反應過來之前，一把將夜安平朝後推開，一把揪住陸花鈴拿著鱗片的手。

「那麼誰搶到就是誰的。」

陸花鈴抽了抽手發現自己半點都無法從蘇舒的桎梏中掙脫，感到危機的她趕忙喊道：「你們都是死了嗎？還不快把這醜八怪拉開！」

陸明軒腳下剛有動作，墨山的手立刻按住了他的肩膀，扣得人肩骨隱隱作痛。

「我記得妖怪不可以主動對人類出手。」陸明軒瞥了眼肩上的手。

「作為妖異保育員，我合理懷疑你要對我們妖異出手，瞧你看那隻玄貓的眼神多麼赤裸。」墨山說得一臉正經，一副如果自己鬆手就會有大妖慘遭他毒手的模樣。

誰看他赤裸了？陸明軒扯了扯嘴皮。

默默躺槍的陸玄貓身子一橫，直接擋在了陸明軒的面前，表示自己不會放他過去幫陸家人任何忙。

「妖異保育員不是只保育小妖，大妖不在保護範圍內？」陸明軒揚揚眉，看著眼前這偽保育員要怎麼解釋。

一時間墨山還真不知道該怎麼對此說明，不過這時方嶺從旁邊飄來一句話。

「新來的不清楚規定，見諒。」方嶺也立刻站位表態。

妖異不能參與人類的鬥爭，但是不妨礙他們妨礙人類鬥爭。

被三個大妖緊迫盯著，陸明軒什麼動作都沒辦法做，看著自家小姐還在跟那野孩子拔河，他喊了被推到一旁後不知道在思考什麼的夜安平。

「夜安平！你想要容滿的屍首暴露荒野嗎？」

一聽到小滿的名字夜安平馬上就回過神來，他正手一抬便直接被段長樂給一把握住。

兩人互瞪了好半晌，段長樂看到夜安平眼底的迷惘，嘆口氣道：「夜安平，你還要繼續死守著枯骨？」

段長樂這簡單的一句話馬上在夜安平的心中掀起漣漪，他聽著陸花鈴從呼喊他的名字到怒聲咒罵他，身子顫了顫。

夜安平其實也知道他這段時間在陸家，看人臉色過活的日子很委屈……但是他有什麼辦法呢？愛人的屍骨就葬在那，他希望她來世能過得幸福。

段長樂發覺手中那手軟了下來，抿了抿嘴破例說了點天機：「指不定人都轉世了，只有你還在原地踏步。」

「學著向前看吧！」段長樂說出屬於自己對他最後的溫柔，言盡於此再想不透他也對傻子無能為力。

轉世了？

夜安平頭一抬看著一臉平靜的段長樂，他這才想起一件事情。

所有妖異都道蛇郎君段長樂善於卜卦，付出千金才可得一卦，所說卦向皆是未來天機。

看透過去和未來的他什麼都知道……

「真的？」夜安平一直都死氣沉沉的眸子突然迸出了光彩，亮晶晶的模樣讓段長樂都不小心多看了幾眼。

「夜安平！」力量快要敵不過蠻橫的蘇舒的陸花鈴又吼了一嗓。

夜安平被這一喊頭往那邊一扭，他首先注目的不是穿著漂亮像個小公主的陸花鈴，而是那運動褲運動衣身上沾著泥土，頭髮上還夾雜著幾根樹葉的蘇舒。

命格缺損？

眼睛一亮他馬上看向段長樂確認，「小滿她轉世了，也是命格缺損嗎？」

段長樂見他整個妖都重新亮起來便鬆開手，面對他的問題只攤手聳肩，並表示剩下的不可說。

「不告訴你。」難得有機會懸著對方胃口的段長樂吐了吐舌頭。

「呿！稀罕。」

反正他多的是時間慢慢把小滿再找回來，也有的是機會好好確認眼前這姑娘是誰。

夜安平想開了身困自己數年的死結，覺得世界又重新轉動起來，已經不會因為那具冰冷屍骨而綁手綁腳的他，乾脆拉了張椅子坐下，饒富興致地看著陸花鈴和對方的角力表演。

「夜安平，我一定要把那死女人挖出來！」陸花鈴見人已經袖手旁觀馬上怒吼著，和之前小鳥依人輕聲溫和的模樣相比，此刻就是一頭暴躁的母暴龍。

「挖吧！」夜安平沒所謂地揊揊手。

反正他都知道人已經轉世，那具遺體就只是個空殼，他顧著也不能把靈魂重新塞進去。

和陸花鈴進行純粹力量的角鬥，先前已經跑了整座山，追過來的蘇舒也開始有些力不從心，手已經快要拉不過對方。

陸花鈴也察覺到對方越來越吃力，牙一咬加大了最後的力量，一副只要拉贏那麼蛇鱗就是自己的氣勢。

就在眾人看著兩人表演的時候，所有人都被眼前突然發生的景象驚得瞪大眼睛。

「我靠！」

陸亦清最先回過神，他也管不上妖異不能對人類出手這點小破事，他一把將陸花鈴往後一推，分開兩人後就這麼按住蘇舒的肩膀前後一陣劇烈搖晃。

「給我吐出來！」

「哈哈哈哈——你哪裡找來這麼有趣的姑娘？」夜安平笑得眼淚都從眼角泛出來，「妖異園區還缺保育員嗎？」

如果有這麼一個有趣的孩子在，給小妖異當當保母讓他們順利成人，似乎也不是一件無趣的工作。

況且靠得近，就更有機會確認她是不是她。

「不缺。」段長樂嘴裡毫不猶豫地回應的同時，目光也緊盯著蘇舒的變化。

就在蘇舒覺得自己已經無法再和陸花鈴拉扯下去的時候，她頭一伸直接就咬了上去，陸花鈴手中一陣刺痛鬆手後那蛇鱗便直接被蘇舒吞了下去。

「吐出來！」陸亦清著急地用力晃著人。

蘇舒被晃得一陣暈眩，她看著陸亦清呆呆道：「融化了。」

東西一入口，蘇舒就感覺一陣清涼的質感順著自己的喉管滑入胃中，就像身體飢渴許久般轉瞬間便消失無蹤，被自己全數吸收乾淨，現在能吐的話估計只有一肚子的胃酸……

「融化了哈哈哈哈——」夜安平依然被有趣得不能自已。

察覺蘇舒從今天開始除了作為人類的身分會因著吸收蛇鱗被扭轉外，不會有任何立即危險後，鬆了口氣的段長樂無奈地搖搖頭。

他倒不介意自己的老婆本被蘇舒拿走，就看蘇舒介不介意了。

「她你可要看好了，不然哪一天我可搶走了。」夜安平越看越覺得滿意。

「拿了我的蛇鱗就是我的人。」

段長樂直接表明態度，誰都不許在他眼皮子底下搶人，尤其是夜安平。

「人家可沒說要嫁你呢！」

「她會的。」段長樂眼皮子連抬都不抬順口回著。

這邊兩個蛇郎君一來一往互不相讓，那邊陸家兩人還沒從鱗片居然直接被吃的情境回過神來，另一頭陸亦清還在對蘇舒訓話。

「妳知道吸收了妖異的東西意味著什麼嗎？」

「我會變成……人妖？」蘇舒努力思索後，得出了這麼一個結論。

陸亦清一口氣突然沒有憋住，伸手就往那個人妖頭上巴了下去，「誰跟妳討論這個！」

「噢……」蘇舒覺得自己也挺委屈的，她認為自己這麼理解沒什麼錯誤啊。

「妳居然把東西吃了！」被推倒在地的陸花鈴像極了一隻毛全部豎起，就等著張牙舞爪的貓咪。

「花鈴，沒關係！蛇鱗再找就好。」

陸明軒眼明手快地攬住陸花鈴的身子，他已經徹底看明白形勢，要從這兩個蛇郎君身上拿到蛇鱗已經不可能。

他連拽帶拖將陸花鈴帶到旁邊去，讓她別衝動，有的是機會從別的蛇郎君身上拿到他們想要的。

「我們家花鈴這麼優秀，不急著這次。」陸明軒苦笑著，安撫已經靠在他肩窩低泣起來的陸花鈴。

段長樂等人沒有多去在意已經翻騰不出什麼風浪來的陸家兩人，而是關注起吞下蛇鱗的蘇舒身上起了什麼變化。

蘇舒本人或許不清楚，但是身為妖異的他們卻是十分明白，從吸收蛇鱗的那一刻開始，她就已經不是傳統意義上的人類，而是更向妖異靠攏。

雖然為時已晚，但是陸亦清還是語重心長地讓蘇舒要有心理準備。

「雖然以前沒有這種先例，不過妳的壽命肯定會被大幅度拉長，至少是普通人類的好幾倍。」

看著蘇舒仍沒意識到那句話背後的意思，陸亦清將話說得更明白一些。

「妳會失去專屬於人類的權利。」

「正常人類可以看著自己的孩子慢慢成長，然後可以跟著另外一半一同老去。」說著這話的陸亦清雖然覺得自己囉嗦得像個老媽子，但他還是希望她能先有點心理建設。

畢竟這對妖異來說或許沒什麼，但是對她卻很不公平。

意思就是自己會像魔女一樣，時間無限度地被拉長，幾乎不會老去，身邊的好友和家人會在自己眼前一個接著一個離開。

蘇舒垂著眸思考著陸亦清的話。

家人什麼的她現階段倒是不在乎，朋友除了徐寧寧和林莉之外不就都是妖異了嗎？

想到這點蘇舒突然豁然開朗起來，原本低著的頭一抬看向陸亦清就是燦爛一笑。

「反正我也還沒看到墨紜化人，現在有機會了。」

「也可以陪著你們很久很久，挺好的。」

看著那閃耀異常的雙眼，陸亦清被亮得移開了眼睛，他看向旁邊閒著看熱鬧的幾人抱怨：「你們就不說她幾句嗎？」

「蘇舒這名字挺好。」夜安平文不對題。

「蛇鱗被妳拿走，我很滿意。」段長樂笑咪咪地表示。

「我很高興。」方嶺更是直接表示，他很滿意蘇舒可以活很久很久。

一口氣收到這麼多好評，蘇舒有些不好意思地抓抓頭嘿嘿笑了幾聲。

最後陸亦清將可以陪著他教育人的希望交給了墨山。

沉吟了會兒，墨山說出了他覺得蘇舒那話最大的矛盾點。

「墨紜那笨蛋估計一輩子都沒機會化人。」

墨山想到他那前些天又踩到陷阱的弟弟只覺得頭痛，還是別指望那傢伙有機會化人比較不糟心。

「亦清，你不也很開心嗎？」

方嶺指著陸亦清身後，有些興奮地晃著的貓尾巴虛影。

「吵死了！」煩歸煩，其實心裡也挺開心的陸亦清扭開了頭。

也許這回他們都能好好欣賞這屬於人類、屬於蘇舒的絢麗光火，而不是如曇花般轉瞬即逝的煙花，只剩下自己獨自品嚐漫長的傷感。

＊＊＊

「姊姊，那個人類現在還在當保育員嗎？」

大象溜滑梯上坐著一個綁著馬尾戴著鴨舌帽高中生模樣的姑娘，她正給底下圍著她的國小小朋友說著關於台灣妖怪的故事。

「還在當喔！就在某一座山上，作為人類保育員繼續守護著所有小妖異。」蘇舒笑盈盈地眨眨眼。

「姊姊，所以他們幾個大妖都同時愛上了人類。那個人類最後有愛上誰嗎？」一個綁著丸子頭的小女生舉手問著。

「她啊……她最後喜歡——」

蘇舒正要回答的時候，頭稍稍一抬便看見，有一個自叼紅色頸圈的小山羌正瞪著自己，一副她再不過去牠就會衝過來咬她的模樣。

「時間不早了，下次再跟你們說。」

壓了壓帽子，蘇舒在小朋友失望的眼神中跳下了溜滑梯，走過去壓了壓正期待著要吃紅豆餅，顯得特別乖巧的火礱頭。

妖怪愛上人類的事情一直都在發生，當然反過來說也是。

明知道不可以，但人類用盡生命綻放的光火，卻讓他們捨不得移開目光。

而妖異也願意用漫漫長生去等待，能再次點亮靈魂的花火再度出現。

【妖異也能愛上人類！——完】

後記

首先感謝翻到這頁的所有讀者們，後記老樣子不包含任何劇透項目可以安心觀看。

每一次寫故事我都會預設一個故事的核心，這次《妖異也能愛上人類！》一書主要想闡述，所有發生在人間的故事都逃不過離別，縱使已經料想到了最後的結果，但妖異們和人類仍然敢愛敢恨勇於嘗試。

這次的故事結局也是我一直很想嘗試看看的路線，寫完的時候超級快樂！希望大家也都能喜歡，選出屬於自己的最優解。

原本故事中還打算寫一點屬於台灣山魅們的愛恨情仇，但是字數狠狠超過預計兩萬多，只好一口氣拿掉。下回有機會再來好好說說深山裡的傳奇故事！

然後不知道有沒有人發現，上本書和這本書都有一隻可愛的小山羌，只能說純屬巧合下本不會有了哈哈。且看且珍惜啊！

當初我一眼看到關於火礱的外觀形容就覺得……這不是山羌嗎？然後確實是以台灣山羌為原型的妖異呢！

最後有機會的話我們下本書繼續相見，愛大家！

可以的話也請和我分享你們最後究竟選擇了誰呢？

魚璃子飛吻，啵啵！

釀奇幻74　PG2945

妖異也能愛上人類！

作　　者　魚璃子
責任編輯　陳彥儒
圖文排版　陳彥妏
封面設計　王嵩賀

出版策劃　釀出版
製作發行　秀威資訊科技股份有限公司
114 台北市內湖區瑞光路76巷65號1樓
電話：+886-2-2796-3638　傳真：+886-2-2796-1377
服務信箱：service@showwe.com.tw
http://www.showwe.com.tw
郵政劃撥　19563868　戶名：秀威資訊科技股份有限公司
展售門市　國家書店【松江門市】
104 台北市中山區松江路209號1樓
電話：+886-2-2518-0207　傳真：+886-2-2518-0778
網路訂購　秀威網路書店：https://store.showwe.tw
國家網路書店：https://www.govbooks.com.tw
法律顧問　毛國樑　律師
總 經 銷　聯合發行股份有限公司
231新北市新店區寶橋路235巷6弄6號4F
電話：+886-2-2917-8022　傳真：+886-2-2915-6275

出版日期　2024年4月　BOD一版
定　　價　320元

讀者回函卡

Printed in Taiwan

國家圖書館出版品預行編目

妖異也能愛上人類!/魚璃子著. -- 一版. -- 臺北
市 : 釀出版, 2024.04
面；　公分. -- (釀奇幻 ; 74)
BOD版
ISBN 978-986-445-931-5(平裝)

863.57　　113002548